北师大诗群书系

穆木天的诗

张清华　主编　/　张清华　选编

北京师范大学出版集团
BEIJING NORMAL UNIVERSITY PUBLISHING GROUP
北京师范大学出版社

诗的世界是潜在意识的世界。诗是要有大的暗示能。诗的世界固在平常的生活中，但在平常生活的深处。诗是要暗示的，诗最忌说明的。

——穆木天

北师大诗群书系编委会

顾　问：刘川生　董　奇　莫　言　童庆炳

编委会：张　健　任洪渊　过常宝　王立军
　　　　苏　童　欧阳江河　西　川　刘　勇
　　　　邹　红　张　柠　李　怡　张清华

主　编：张清华

　　穆木天（1900—1971），原名穆敬熙，吉林伊通县人，中国现代诗人、翻译家。象征派诗人的代表人物。通晓英、法、日、俄四种语言。著有诗集《旅心》《流亡者之歌》《新的旅途》等，毕生致力于外国文学教学和文学作品的译介工作。

穆木天在南开中学期间与同学的合影。前排左一为周恩来，
前排居中者为穆木天。

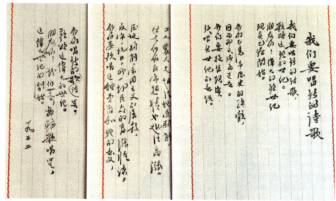

穆木天在北京师范大学任教期间与家人的合影（上）

穆木天手迹（下）

诗集《旅心》（上）

穆木天译作一角（下）

且从各方面看，如果我们不以狭隘之心看待"新诗"这一概念的话，那么说《野草》代表了这一时期新诗的最高成就，大约也不为过。因为很显然，以胡适为首创的白话新诗派的作品确乎乏善可陈，在语言和形象方面都显得单纯和稚嫩，而郭沫若出版于1921年的《女神》，虽说真正确立了新诗的诞生，但从美学上却还止步于以启蒙主义为基础的浪漫主义，而几年后的《野草》则真正抵达了以叔本华、尼采、克尔恺郭尔的思想为根基的存在主义，在语言上它也堪称创造出了一种真正现代的、象征与暗示的、多意而隐晦的语体。直到今天，它也还散发着迷人的魔力，以及解读不尽的晦暗意味，甚至它的"费解"也是这魔力的一部分。

因此，如果要真正编纂一套"北师大诗群"文库的话，鲁迅应该排在首位。只是因为《野草》的版本是如此的普及，我们才不得不放弃多此一举，但必须要将之放入这一谱系的最前端，这套诗系才算有了"合法性"。

现代中国新诗的道路显然相对复杂，有无数的歧路与小径，但说到底，在 1925 年《微雨》出版——即李金发为代表的"象征派"出现之前，在 1924 年始鲁迅的《野草》陆续发表之前，新诗基本还处于草创期，语言并不成熟，一套新的艺术思维也还未成形。之后新诗步入了一个建设期，简单看，我以为大抵有两条路径：一是以闻一多、徐志摩等为代表的留学英美的"新月派"，主要师承了英美浪漫主义的传统，这一派固然写得好，人气旺，讲究修辞和形式感，韵律和音乐性，但从艺术的质地与难度、含量与趋势上看，似乎并不能真正代表新诗的前景与方向；而颇遭质疑的"象征派"以及稍后至 20 世纪 30 年代初次第涌现的戴望舒、艾青等为代表的"现代派"，则表现了更为强劲的冲击力与陌生感，其普遍运用的隐喻与象征，感觉与暗示的手段，以及在诗意上的沉潜与复杂，都更准确地体现了现代诗的要求，因此也就更代表了新诗发展的前景。

从这个意义上说，鲁迅所开辟的诗歌写作传统，或许才是真正"正宗"的。虽然很久以来，人们将其当作"散文诗"，而狭隘和矮化了它的意义，但从大的方向看，鲁迅的诗才更接近于一种"真正的现代诗"，其所包含的思想、思维方式和美学意味，才更能显示出新诗的未来前景。换言之，鲁迅所开创的新诗的写法，对于新文学和新诗的贡献是最重要的。从这个方向看，穆木天的重要性也同样得以凸显，他的出版于1923年的第一本诗集《旅心》，也因为初步包含了一些象征的因素，而在创造社的浪漫主义派别中具有了一些特立独行的意味。当然，那时穆木天与北京师范大学之间尚未有什么交集。之后在20世纪40年代赫然鹊起的"九叶"之一郑敏也一样，她作为诗人诞生于西南联大的校园，昆明近郊的稻田边，与北京师范大学的距离也还显得过于遥迢；而远在西北就读于抗战时期西北联大的牛汉，那时在诗歌写作上还远未真正显露头角……种种迹象表明，在鲁迅之后，北京师范大学这座校园与新诗壮观的波澜之间，似乎只是一脉相牵，或只留了些许暗通款曲的因缘。

如此说来，"北师大诗群"这样一个概念也就在"历史客观性"上面临着检验。一方面，她有着足以令人钦服的鲁迅传统，同时又似乎在很多年中略显沉寂和寥落。五六十年代之后长期执教于北京师范大学的穆木天与郑敏，他们主要的写作和影响时期也不在此间。此间出现的一些写作者，似乎又不能在整个的诗歌史中具有代表性。因此，假如我们硬要赋予这一概念以一些"底气"的话，那么将这段历史当作是一种漫长的前史，一种久远的酝酿，或许是更为得体和合适的。

但时光翻到了 20 世纪 80 年代之后，北师大人就再也没有错过时代的机缘。1978 年以后，牛汉的《半棵树》《华南虎》等作品都引发了巨大的反响，而执教师大且再度浮出的郑敏，也在随后被命名的"九叶诗人"群中，显现了最为旺盛的持续创造力；20 世纪 80 年代后期开始，稍晚半个代际的任洪渊也开始发力，他一方面创造了一种具有"现代玄学"意味的诗体，同时更以特有的思想煽惑力，为一批喜爱诗歌写作的学生提供了兴趣成长的机遇；之后同在北京师范大学任教的蓝棣之，也作为诗歌研究家以鲜明风格影响了校园的诗歌氛围。因了这些具体的影响，当然更多还是出于这一年代的大势，1984 级和 1985 级两个年级中就出现了前所未有的诗歌写作热，涌现出了宋小贤、伊沙、徐江、侯马、桑克等一批诗人，这批人在 20 世纪 90 年代迅速成长起来，成为当代诗坛的一支新军。尤其以伊沙为代表，他在 1992—1993 年的两期《非非》上刊出的《历史写不出我写》《中指朝天》两组诗，堪称是惊雷般振聋发聩的作品，对这个年代的文化氛围构成了犀利的冲击和颠覆、戏谑和解构的效果。由此出发，"北师大诗群"这一概念，似乎渐渐生成了一个雏形。

迄今为止，在当代中国的诗歌生态中，假如说存在着一个有机的"解构主义写作"的派系的话，那么其肇始者应该是 20 世纪 80 年代中期的韩东和于坚。但他们此期的作品，其解构效能基本上还处在观念阶段，语言层面上的解构性还未真正生成。无论是韩东的《有关大雁塔》《你见过大海》还是于坚的《尚义街六号》、李亚伟的《中文系》，这些作品虽已高度经典化，但细审之，还远未在文本层面上形成真正的戏谑性。只有到了伊沙的《梅花，一首失败的抒情诗》《事实上》《车过黄河》《结结巴巴》《诺贝尔奖，永恒的答谢词》一类作品出现，在诗歌写作的主题与话语类型上、在词语与美学上，才产生出真正的解构力量。这种冲击在文化上引申出来的精神意义与美学势能，成为所谓"口语派"或"民间写作"在1999年"盘峰诗会"上得以提出的依据，以及底气。没有这种写作背后的文化精神，以及在美学上强有力的颠覆性，单纯在风格学上强调口语，显然是没有多少意义的。

而这也就是在世纪之交新的一波得以出现的因由，在沈浩波们那里，这种前所未有的解构性写作，被经验主义地进行了发挥，"下半身"美学诞生了。但问题是，破坏力的持续发酵，却失去了文化或美学上内在的理由，如果说人们从早期伊沙的诗中可以读出美学的激愤和文化的合理性的话，那么在"下半身运动"中，这种文化的合理性却似乎打了折扣，并因此而遭到了更多质疑。但是，从大的历史长河来看，沈浩波所发起的破坏性的极端写作，却成全了"北师大诗群"在文化精神与美学取向上的一种连贯性，以及"奇怪的针对性"——他们仿佛是专门为"北大诗群"而生的。在北大的文化产床上诞生了海子、西川、骆一禾、臧棣……那么在北师大的摇篮里就势必要生长出伊沙、徐江、侯马、沈浩波……这似乎是冥冥中的一种逻辑，一种天然的对应关系。

或许我可以用布鲁姆的"影响的焦虑"，来解释这现象的由来，因为某种对于优势的反对冲动，导致"北师大诗群"出现了某种奇怪的"集体无意识"。这种推论当然是个人的猜测性解释，缺乏学理上的依据。假如我们不用这样一种逻辑来设定，从另一个完全自足的角度来理解的话，那么"北师大诗群"的风格，便当然地应该是丰富和多面的。稍早于沈浩波的朵渔，还有与伊沙同期的桑克、宋小贤等，都可谓有自己独有的立场，晚近因为读博士而进入北师大的吕约，则更像是特立独行的个体。

其实，值得一说的还有研究与批评方面，假如果真存在一个"北师大诗群"的话，那么批评和研究也理所当然地是其有机的部分。如前所述，北师大的批评传统前有鲁迅、钱玄同、钟敬文、李长之、黄药眠、童庆炳等先贤，中间则有任洪渊、蓝棣之在诗歌研究中的接力，再之后则有一批在诗学和批评界耕耘的中青年，这个阵容在中国所有的大学校园中，也堪称独秀了。

至此，关于"北师大诗群"的话题，似乎可以落定了。虽然，作为后学和外来者，我并无资格在这里谈论历史和现今，但借了北师大国际写作中心成立之机，整理师大文学传统、开展校友作家研究，变成了一份置身其间者难以推卸的责任。秉此大意，我不得不勉为其难，做些事务性的工作，来设法梳理和"包装"一下由众多北京师范大学先贤所开创、由许多同代和同仁所传承的诗歌脉系。

　　这便是该套"北师大诗群书系"出笼的缘由，虽说文章乃天下公器，无论是以个人、群体还是"单位"来窄化其意义都不足取，但以文化传承和流派共生的角度看，又是其来有自、有案可循的。况且，历史上很多流派和概念都是后人重新命名的，像"九叶诗人""朦胧诗派"，都是先有创作后有命名的。即便"北师大诗群"不能算是一个严格意义上的流派，但在大学文化和脉系传承的意义上，也算是一种有意义的集合。

　　笔者不想在这里全面地阐述这一诗群的文化及美学含义，我自知力不能及。但假如稍加审度似也不难发现，由鲁迅作为源头的这一脉系，确有着创造与发现、突破与颠覆的精神暗线；在语言上，早先的隐晦与暗示，中间的玄学与转喻，还有后来的直白与冒犯，竟然可以构成奇怪的交叉与换位，且有着若隐若现、似暗通款曲的转递关系；但同时，更为丰富的构造和自我分化，也更体现了兼容并包的大学精神。且不论怎么变，他们在文化上天然的先锋与反抗、探求而崇尚自由真理的内在精神，似乎永远是一脉相系，绵绵不绝的。

这便是它存在的理由，和需要重新梳理的意义。薪火相传，我们审视百年新诗的演变，也许它还可以提供一个范例，一个缩影。

作为"北师大诗群书系"的第一辑，我们所选四位诗人是：穆木天、郑敏、牛汉、任洪渊。他们与北京师范大学的交集有先有后，在新诗史上的地位也有差别，但之所以将他们作为第一辑推出，前述的理由是首先要使这一概念"合法化"。自然，按成就地位他们谁都难于和鲁迅比肩，在北京师范大学的名望和"资历"也同样如是，所以一骑绝尘单立一辑的应该是鲁迅而不是别人，但只因《野草》读者触手可及，遂不需重新编辑出版。从几位的年龄上说，生于 1900 年的穆木天早在 1971 年便已作古，晚其一辈生于 1923 年的牛汉则在 2013 年过世，稍长牛汉于 1920 年出生的郑敏，如今以九十五岁的高龄还健在人世，差不多已成为百年诗歌的唯一的见证人。至于 1937 年出生的任洪渊，又小了大半个代际，但出于技术考虑，单列亦难，不得不将他放入第一辑。

因此，简单化处理或许是有理由的。不论怎么说，穆木天、郑敏、任洪渊三位，都有在师大执教数十年的履历，由他们组成第一辑，可为众多的后来者奠定脉系的根基。基于此，我们在第二辑中，拟将成长于 20 世纪 80 年代校园的伊沙、宋小贤、桑克、侯马、徐江置于一起，构成中间一代的景观；第三辑则仍呈现一个开放性的阵容，拟以更为晚近走出的朵渔、沈浩波、吕约等组成。同时，假如可能，我们还打算将活跃于当代诗学研究与诗歌批评领域的一批师大同仁，如李怡、张柠、陈太胜等算作第四辑，将他们的理论批评文字也予以集中展示。如此，几代人构成的谱系，创作与批评互补的格局，便大致可以显现一个轮廓。

下决心写短序，也还是拉杂至此。这些话其实本应由师大德尊望重的长辈，或者学养修为更高的同仁来说，只是因为笔者冒失充当了"北师大校友作家研究校级重大课题"的责任人，才不得不滥竽充数地写下如上文字。从研究者的私心说，希望借此机遇，能将"北师大诗群"一说坐实，至少能够提供一个为研究者参考、为读者评说的读本，当然，如能引数十万计的北师大校友自豪，增益其认同之感，更足以欣慰了。唯望这个谱系的勾画是大致符合历史的，如有重要遗漏，那么罪责亦将无以旁卸。

惶恐之至，谨以为序。

2016 年 1 月 22 日于北京师范大学

目 录

2

3

冬夜的回忆①

——记我的父亲穆木天

穆立立

"在我的长长的人生旅途中，我曾渴望着远远天边，人烟尽处，可是，这种过去的心情，现在是成为回忆里的云烟了，因此，我一天比一天平凡起来，我爱红尘，我爱人世的平凡。大地的儿子，是要同大地的平凡步调相一致的。"这是我的父亲穆木天于一九三六年春，在《平凡集》自序中写的一段话。是的，在我记忆中的爸爸，真是平凡极了。他是诗人，却毫无诗人的潇洒风度，他研究法国文

① 注《冬夜的回忆——记我的父亲穆木天》一文发表于《社会科学战线》1983年第2期

学，可以用法、英、日、俄四种文字翻译文学作品，可浑身不带丁点儿洋气，脑袋剃得光光的；眯缝着眼，老像在笑的脸上，架着一副高度的近视镜，下课回来，脸上和眼镜片上总落着一层粉笔灰，也不知道掸掸。穿的，解放前常是一件灰不叽儿的大褂，解放后总是一身半旧的中山服，几乎件件衣服都少不了有几个烟灰烧的洞洞。他最爱吃的是东北的家常菜：拌茄子、焖豆角。总之，我觉得爸爸在平凡中透着那么一种土气，一股东北大野的泥土的气息。爸爸是曾留学东洋，多年走南闯北的人，他之所以一直浓浓地保持着这种土气，想来是由于他深深爱着自己的乡土的缘故。

东北大野的儿子

爸爸是吉林省伊通县人，出身于封建地主家庭。在《我主张多学习》一文中，爸爸写道："因为我是从所谓的'诗书门第'出身的，而对于旧社会之不讲理，我是特别地不痛快"（见《我与文学》，1934年生活书店，郑振铎、傅东华主编）。家庭为他包办的封建婚姻，曾使他十分痛苦。但爸爸对封建地主家庭的叛逆不仅仅表现在反对封建婚姻上，而是像蒲风叔叔在《诗人印象记》中所写的那样，他是能"摆脱自身的出身阶段——地主阶级的营垒而密接着时代的潮流"的。爸爸在怀念东北的许多诗中，都漾溢着对母亲的深情。那指的是苦难的东北人民的母亲，他心目中的母亲。而他和自己的生身之母，在思想感情上却很不一致。每提到我的祖母，他总是很愤慨。这给我留下很深的印象。爸爸一九二六年离开日本归国之前曾在《鸡鸣声》一诗中写道：

"鸡鸣声

唤不起

真的

哀悲

我不知

哪里是家

哪里是国

哪里是爱人

应向哪里归"

严于律己的爸爸，在剖析自己时，往往有些偏颇，他曾认为自己写这首诗时，思想是"狂乱"的。而我却认为，当时他可能有些"狂"，但不完全"乱"，因为有一点是清楚的，那就是他那时已不以那个封建地主家庭为家了。他是真正把自己看作"东北大野的儿子"，热爱着家乡的山川和雪原的。

爸爸对东北大野的眷恋之情，我曾深有感受。记得一九四一到一九四二年，爸爸在中山大学教书的时候，他常带着我一大早到村旁的小河边散步。粤北大庾岭上的春晨是美丽的。太阳出来之前，浓雾罩住了河面，遮住了群山。浓雾一散，金灿灿的阳光照得河水波光粼粼，照得山坡上的杜鹃花火一般地红。面对着南国的春天，爸爸常会和我说："松花江，该开江了……"，讲着江面上冰块如何发出吓人的巨响。有时在夏秋的骄阳下，爸爸也会突然向我说"在老家，该是高粱晒红米的时候了"……在爸爸那种深情的感染下，我总觉得，老家的山野是非常非常美，非常非常可爱的。

我觉得，爸爸之所以成为诗人，正是从这种对乡土的质朴的爱开始的。当爸爸在武藏野的道路上吟咏着"奔遥遥的天边，奔渺渺的一线"时，他不是还想着故园的"水沟"、"桥头"和"老牛"吗？

正是由于"故乡在他的心头"，所以他才要青年"须看异国的荣华"，"也得发现故国的荒丘"，并且期望着人们能够认识神州禹域的"灿烂的黄金的荣光"。

有的同志认为穆木天的作品由受法国印象派影响，托情于幽微远渺之中的《旅心》集，发展到为民族解放，革命斗争而呐喊的《流亡者之歌》和《新的旅途》，这个转变是十分惊人和不好理解的，而我却觉得，早就蕴藏在爸爸那颗旅人心中的乡情和为了故园的未来而在人生旅途上不肯停留的执着精神，以及在旧中国的社会条件下，作为旧世界的叛逆者和作为东北大野忠诚儿子的一致性，注定了他必然要踏上新的旅途。

悲哀、欢喜与愤怒

由于东三省的沦亡先于我国其他地区，因此苦难的东三省的形象就成为厄运下旧中国的象征，成为"全民族的十字架"。"九·一八"前夜，爸爸正是背着这个"十字架"踏上了流亡的路途。

"永别了，我的故乡，

我的云山苍茫的故乡，

我的白雪笼罩的故乡，

我的烟雾沉沉的故乡……"

在爸爸当时写的这首《别乡曲》里，是含着多么深沉的流亡者的悲哀啊！然而，这时的爸爸已不是《旅心》时期的爸爸了。在一九二九至一九三○的两年中，爸爸不仅看到在国民党和军阀统治下日益沦为日本殖民地的故乡的苦难，他也看到"人民的力量在聚焦"，"呻吟里存在着刀枪。"因此，尽管怀着流亡者的悲哀，但他已认识到不能"哭丧脸"，而要为故乡的命运去斗争。一九三一年初爸爸来到上海后，见到他在东京时创造社的诗友冯乃超。那时乃超叔叔是左联的主要负责人。于是他通过乃超叔叔参加了左联。爸爸在左联积极领导了诗歌组的工作，并与任钧、杨骚、蒲风、柳倩、白曙等组成了中国诗歌会，还出版了会刊《新诗歌》，提倡新诗歌的大众化和为现实革命斗争服务。为此，他于一九三四年夏被捕入狱。出狱后，由于有特务监视，爸爸不得不闭门翻译，整理文稿，不与外界联系。一九三六年前后，随着抗日高潮的到来和全国政治空气的活跃，当他又能从事左翼文化活动时，他是多么的喜悦和兴奋啊！正像爸爸在《七年流亡》中写的那样，这时，由于"在荒凉的祖国里"，"燃起了民族解放斗争的火光"，他的"流亡者的悲哀，转成了一个盗火者的欢喜"。他积极配合抗日斗争的需要，开展了新诗歌运动，在上海法租界的我家的住所，重又成为爸爸和他的战友们聚会的地方。他们在一起创作鼓舞军民抗日的诗歌，编诗歌街头墙报，成立了中国诗人协会。

我还记得在撤退到武汉后，我家住在海月庵时的活跃气氛。那时，爸爸和原中国诗歌会的杜谈、宋寒衣、柳倩，中国诗人协会的厂民（严辰）以及在武汉新结识的锡金、叶平林等组成了时调社。他们在一起编诗刊《时调》、《五月》，搞诗歌朗诵，记录民歌……我家那两间小屋里，总是充满了诗人们的欢声笑语。由于那时我还小，在许多来客中，只记住了杜谈和锡金叔叔。因为杜谈叔叔那时还没有爱人，大家老开他的玩笑。锡金叔叔在和爸爸一起编《时调》、《五月》的工作中，承担了大量的任务，为《五月》写编校后记的"C.K"就是他。那时，他经常来我们家，是年轻而活跃的一个，爱戴顶没有"把儿"的法国小帽，老爱逗我玩。那会儿，对于大人们的谈话我是不懂的，但他们为了使诗歌大众化，更好地宣传抗日，在给一些曲谱填词时总是反复哼歌，对于这些小调和歌曲，至今我还记得。那首用湖北民间小调填写的《八杯茶》："二杯茶呀，敬我的妈呀，我去当兵你莫怕呀……"；还有那首用外国曲子填写的："……十八岁的姑娘貌美年轻，跟着队伍同向前行，队长回头向她来问：'小姑娘啊，你来做甚？''请你不要管吧，队长先生，送我爱人去上前线'"。爸爸和他的诗友们兴奋喜悦和蓬勃活跃的心，使时调社的活动颇有影响。乃超叔叔去三厅工作之前，曾给《时调》写过文章。柯老去延安前，也曾参加他们的朗诵活动。据方殷叔叔说，一九三八年夏，当他离开延安赴武汉时，柯仲平同志作为陕甘宁边区文协的负责人，曾要他到武汉后找穆木天联系，设法把《时调》在原有基础上加以扩充，使解放区和国统区的新诗歌运动沟通起来。但方殷叔叔到武汉找见我父亲时，已开始从武汉撤退，因此这一愿望未能实现。

　　一九三八年夏秋之间，我们全家取道广州、香港，坐海船到越南的海防，经河内，到达昆明。而对着云南的苍莽高原、雄伟群山，眼见大后方人民的抗日热情和革命觉醒，爸爸感到无比的欣喜。他写下了《初踏进牧歌的天地》、《七年的流亡》、《昆明，美丽的山城》等热情澎湃的诗篇。记得在一九四〇年中，离开云南前后，爸爸常爱讲当时流传的一个笑话：住在越南的一个法国人，在中国抗日战争爆发后，轻蔑地对当地的一个华侨说："你们中国人，只能用筷子抗战，能抗多久！"三年以后，法国在德国法西斯发起进攻不到两个月的时间里便投降了。这时，这位华侨又碰见了那位法国人，他问道："我们中国人用筷子抗战都抗了三年了，请问你们是用什么抗击德国的呢？"每说完这个笑话，爸爸自己总要哈哈大笑一阵。在这笑声里，包含着多少自豪和激情啊！

然而，在后来抗日战争困难的年代里，当国民党消极抗战，积极反共，对人民实行法西斯高压时，我们家的气氛则又是另一样了。那时，爸爸的悲哀、欢喜，都化作了愤怒。一九四〇年下半年，皖南事变前夕，当我们家住在桂林花桥附近的施家园时，爸爸和他的朋友们经常谈论的是国民党如何闹摩擦，不打日本。我在一旁听着，在大人们情绪的感染下，也十分愤慨，便天真地说道："爸爸，给我多吃一碗饭，我一个人也要打日本鬼子去！"因此，爸爸在一九四〇年年末写的《寄慧》中有这样一段：

"如同朝雾笼罩在北江上，

忧郁罩在我的心里，

但是，如同太阳撕破江上的浓雾一样，

我要用愤怒的战斗的火，

烧破我的忧郁。

慧！请你叫立立大喊一声吧：

"爸爸！给我多吃一碗饭，

我一个人也要打日本鬼子去'！"

在这以后，爸爸一直是愤怒的。一九四二年，中山大学闹学潮时，学生们经常到我们家来，有时和我爸爸妈妈商量斗争的对策，有时哭诉特务对他们的迫害。接着，爸爸妈妈便愤怒地退去了中山大学的聘书，到了桂林。一九四四年，国民党在湘桂战事中大溃败，当官的比当兵的逃得快，当兵的比老百姓逃得快。我们一家随桂林师范学院撤退到柳州，又沿邕江北上，准备去贵州。然而，还没有到达贵州境内，日寇已打到独山，我们陷入腹背受敌的境地，眼看桂林师院也难以维持下去。哥哥看到家里的困境，另找出路去了。爸爸妈妈便带着我，和桂林师院师生一起在桂黔边境邕江两岸的山水之间辗转流离了半年多，最后于一九四五年春到达贵州平越。

抗战胜利后，面对着美军的横行和国民党挑起内战，爸爸更加愤怒。抗战胜利一周年时，在《真令人回答不出了》一诗中，爸爸写道："一年了，胜利给我们带来了什么？薪水涨了五六百倍，美国货越来越便宜。美哉美哉，中华民国，马上就要美不胜收了。"同年还写了讽刺诗《谢谢你，美国人！》。在《为死难文化战士静默》一诗中爸爸悲愤地写道：

　　"在这三分钟之间，

　　我数着那数不清的血债！

　　一篇篇的血债，几时才能清算呢？

　　我恨不能象原子弹似地一下子炸开：

　　我心里充满着要说却说不出的话语。"

　　由于爸爸这些愤怒的诗以及他和欧阳予倩先生等积极开展了进步文化活动，特务给他寄来了恐吓信，于是我们全家不得不于一九四六年底离开桂林去上海。到上海后，在吃饭、住房样样难的情况下，爸爸写了《我好象到了一个鬼世界》那首诗，用辛辣的笔调讽刺蒋管区黑暗的现实。

　　然而，愤怒中的爸爸充满了对新中国的向往，坚信全国解放的日子即将到来。对此，他在诗中写道："不久，人们就会看见你的灿烂的果实。"

"铺路"与"作桥"

"要永远看彼岸的茫茫，无限的云山，

要永远看那荒城、古渡、那一片草原。

永远修桥，永远铺路，永远造船……

啊！在人生坊中，谁有权利旁观，望洋浩叹！"

这是爸爸一九二五年所写《告青年》（《洪水》半月刊一卷五期）中的一段。一九三〇年爸爸又在《我的文艺生活》一文中更明确地写道："现在我认定我们就是一个桥梁。只要我们能把青年渡过去，作什么都要紧。翻译或者强于创作。教书匠都许是要紧的。"（见《大众文艺》：二卷五、六期合刊）爸爸确实一直把培养革命青年作为自己的一项重要任务。

为了把青年渡到革命的一边，爸爸自从日本留学回国以后，大部分的时间都没有脱离教学岗位。即使在不教书的时候，他也和许多青年朋友保持着深厚的友谊。《新的旅途》中那首《给小母亲》就是爸爸为一位从马来西亚归国的华侨女青年写的。她是一位华侨巨商的儿媳，抱着抗日救国的热情，抛弃了舒适的生活条件和一双儿女，回到祖国，到了大后方的桂林，正好是我们住在施家园时的邻居。国统区的黑暗使她感到理想破灭，她还苦苦地思念两个孩子。因此，经常哼着忧郁的歌曲，漫步在施家园那座小楼四周的田野上。当她逐渐和我们家熟悉起来，爸爸了解她的情况后，就为她写了这首小诗，要她懂得"只有民族解放母亲才能解放"，鼓励她"更艰苦地为母亲的解放而战斗吧！"记得那位阿姨在念爸爸为她写的这首诗时，泪如雨下，最后竟激动得泣不成声了。

　　爸爸不论在哪个大学教书，学生都不仅爱听他的课，而且还爱到我们家来找爸爸谈各种问题，听取他的意见和忠告。学校中某些有反动政治背景的当局人物表面上都奈何他不得（尽管爸爸经常对他们很不客气）。

解放后，在自由的天地里，爸爸更加注意从红、专两个方面培养学生。现在，爸爸的许多学生，已是一些大专院校和机关单位的骨干力量了。前年，当爸爸妈妈的冤案得以昭雪，在八宝山革命公墓举行追悼会时，他们从全国各地纷纷致以悼念。长春有一位同志拍来一副挽联："译著等身，桃李春风，教泽长留宇内；辛苦备尝，沉冤得雪，党恩足慰泉台"……

夜深了，玻璃窗上结了一层霜花。我仿佛又看到爸爸在那深度的近视镜片后面，眯缝着眼睛在笑。啊，爸爸，你大概又看到了故乡那一片皑皑的雪原。在那厚厚的冰雪覆盖下，东北大野啊，像整个祖国一样，蕴藏着无限的希望和蓬勃的生机！

第一辑

旅心

献诗

我是一个永远的旅人永远步纤纤的灰白的路头

永远步纤纤的灰白的路头在薄暮的黄昏的时候

我是一个永远的旅人永远听寂寂的淡淡的心波

永远听淡淡的寂寂的心波在消散的茫茫的沉默

我的心永远飘着不住的沧桑我心里永远流着不住的交响

我心里永远残存着层层的介壳我永远在无言中寂荡飘狂

妹妹这寂静是我的心情妹妹这寂寞是我的心影

妹妹我们共同飘零妹妹唯有你知道我心里是永远

　的朦胧

一九二六年十二月十日广州

心
欲

其一

我愿作一个小孩子
濯足江边的沙汀
用一片欢愉的高笑
消尽胸中的幽情

我愿作一个小孩子
泅在木排旁的水中
凭几回的游泳

洗尽胸中的幽情

我愿作一个小孩子

撑小舟顺江流东行

吸满腹的江风

刷尽胸中的幽情

其二

我愿化一飞鸟

高飞向云际

逐着红紫的天空

飞坠西海里

我愿化一飞鸟

长飞向密林

栖在翠柳的梢上

静听牧歌声

我愿化一飞鸟

静坐船桅梢

看渔人秉烛对饮

漫将长夜消

一九二三年六月三日

我愿作一点小小的微光

我不愿作炫耀的太阳

我不愿作银白的月亮

我愿作照在伊人的头上

一点小小的微光

我愿照伊人孤独

我愿照伊人悲伤

因为我爱伊人

没有亲戚　朋友　家乡

一九二四年九月二十四日，井之头

泪滴

我听见你的珍珠的泪滴

滴滴在你的蔷薇色的颊上

在萧萧的白杨的银色荫里

周围罩着薄薄的朦胧的月光

我听见你的水晶的泪滴

滴滴在你的鹅白的绢上

滤在徐徐的吹过的夜风

对着射出湖面的光芒

我听你的白露的泪滴

滴滴在绿绒般的草茵

你的象牙雕成的两只素足

在灰绿上映着黑沉沉的阴晕

我听见有深谷的杜鹃细啭

我听见湖中的芦苇低语

我听见有草虫鸣唧唧

但他们都是为你这几点泪滴

啊　妹妹　你的泪滴苦如黄芹

啊　妹妹　你的泪滴甜如甘蜜

你的泪滴是最美的新酒

啊　妹妹　我最爱吃

湖水旁边

朦胧月里

白杨荫下

我听见了世上最美的伊的泪滴

一九二四年，十月，十一月，飞鸟山寓

江雪

绵花般的雪　重重

松花的江上徐徐的渡了一阵冷风

吹送来沉幽的晚祷似的钟声

啊　肃慎^①的古城

这是不是你的福音的孤独的凄鸣

鹅绒般的雪　霏霏

---

① 肃慎，古族名。商、周时居长白山北到黑龙江中下游一带。从事狩猎。

28

鸡林的原头昂昂的披上了一身经衰

放射出沉寂的呜咽般的悲哀

啊　肃慎的古城

这是不是你的福音的荒冢垒垒

皎洁的雪花　冰冷

罩住了炎腾腾的大平原的心里热情

隐映着红红的烈火似的闲静

啊　肃慎的古城

这是不是你的福音的潜室的光明

一九二四年十二月十日，吉林

水声

水声歌唱在山间

水声歌唱在石隙

水声歌唱在墨柳的荫里

水声歌唱在流藻的梢上

妹妹　你知道不

哪里是水的故乡

月亮的银针跳跃在灰色的桧梢

月亮的银针与鹅茸般的涟漪相照

看啊　宿鱼儿急急的逃走了

那里荡漾着我们的灰影与纤纤的小桥

来　拾起我们的腐朽的棹杆

去荡那只方舟到灰色的芦苇中间

我们听着水声明月的唱和

我们遥望着那淡淡的鱼灯点点

我们要找水声到渔人的网眼

我们要找水声到山间的泉源

我们要找水声到海口的沙滩

我们要找水声到那里的江湾

我们要找水声在稻田的沟里

我们要找水声到修竹的薮间

来　拾起我们那朽腐的棹杆

我们共荡在夜暮里我们那孤孤的小船

妹妹　水声是否歌唱在你的眼尖

妹妹　水声是否歌唱在你的胸膛

妹妹　水声是否歌唱在你的发梢

妹妹　水声是否歌唱在你的鬓旁

妹妹　你知道不

哪里是水的故乡

来　拾起我们那腐朽的棹杆

趁着这月色朦胧　天光轻淡

我们在河上轻轻的荡漾我们的小舟

捋着空间的灰色小花　直找到水乡的尽处

一九二五年三月二十一日

雨后的井之头[①]

我爱这一带的冷池

周围环绕着森森的墨树

特在降过这濛濛的细雨

上覆盖一层轻轻的薄雾

我爱那悠悠的灰纱的浮云

掠着蛋白石般的天空的淡淡

悠悠　悠悠　悠悠　悠悠的走下去了

————————————

① 井之头，公园名，位于日本东京郊外。

渡过了桑田　林尖　走下去了　直向彼岸

最可爱的是塔塔渡过的一群的寒鸭

开开了一片涟漪　衬映在静静的

散荡的　嫩嫩的浪花　"鸭　鸭　鸭"

不住的欢唱　好如赞美说　"朦胧呀　我们的家"

"唧唧　唧唧　唧唧"是什么的水鸟呀

这样的哀啼　这样的哀啼

梭似的穿入了灰色的枯苇的丛里

梭似的穿出来了　啊　哪里去

那一片纤纤的娇丽的灰紫的小花

沉思在那里　在那里幽睡的水涯

好如梦想着远国　远国的灰色的小花

呀　芦苇的哀琴呀　虚伪的歌声　休要管他

潺潺的那里的水源呀　不住的流

滴　滴　滴　滴　你这滴滴的泪滴呀

是人类的心油　啊　你不得不流

——啊　桥上的红裙的少女们呀　欢乐

欢乐　欢乐　不知愁

那里的腐草　那里的枯舟……

你们知道不　这是哪年的秋……

你们知道不　那里的工人们呀为什么抬土

你们要说吧　"逝者如斯夫　苦闷　欢乐　无头"

虚伪的光明呀　哪里　休玷辱了她——我这爱

　人——灰淡的水乡——朦胧的她夜幕　你挂在

　林梢　夜幕　你盖住池腰

夜幕　你盖住了我　啊　我跟她拥抱了

一九二五年五月二十一日东京本乡区

伊东①的川上

川上

我听见伊人的歌声

振荡在薄冥的川上

逐着洒洒的夕风　旋转　静散　流浪

如泣　如喜　如嗔　和应着流水的激浪

是伊呀　沉思着水飘儿的荡漾

是伊呀　振颤着绵软的新装

是伊呀　追往事在蜘蛛的渊②旁

① 伊东，小镇名。位于日本东京湾海边，以温泉有名。
② 蜘蛛渊，伊东山中的一条溪流。

是伊呀　瞅着林梢想起了心的故乡

啊　是哪里吹送来伊人的歌声呀

在这灰暮的川上　夕风中狂荡

温和的乡下人走下来了

慢慢的低吟着牵着老牛

河岸上蹲着捉鱼的老叟

那里的芦苇里微荡着久弃的孤舟

我将着夕暮的烟丝　一缕　一缕的

顺蜿蜒的幽径　疾走　静停　寂寂的寻找

啊　伊人的歌声是在那里了

那是不是低低的对语　两个灰影动摇

又一个乡下人走下来了

我仍顺平平的河边　静静的　疾走　慢停　寻找

啊　伊人的歌声越发的清楚了

啊　忽的　又听不见了——远远的传来了一声的狗叫

听　伊人的歌声象在那里唱叫

那里的树森森的黑墨的山腰

那里的靠着山根的覆着青苔的野庙

那里的流水潺潺的稻亩的中间的幽径

那里的纤纤的夹道上的石板的小桥

啊　伊人的歌声又如透出那灯火点点的林梢

伊人的歌声颤颤的荡摇——又如温柔　又如狂
　　暴——在夕暮的川上荡遥

我仿佛听得清楚　啊　却又听不见了

啊　是谁送来伊人的歌声在这夕暮狂狂的荡遥

一九二五年五月二十三日，东京本乡

野庙

一

微动的绳锤无精的荡摇

绿锈掩住的古钟欲响响不出了

岁月蚀腐的褪色的帐帷里头

沉默的佛影只得寂寂的冷笑

房檐上浮着黄褐的枯色

老树上掩着湿润的青苔

鸟雀的欢叫唤不得行人来

潺潺的流水仍不住的徘徊

树叶刷刷　好如告诉了当年的事情

腐朽的熏香寂寂的放射出灰色的阴影

幽静中凝着多少的温和的酸情

听不见人声——心波振和着朦胧的憧憬

二

我愿作无精的荡着的绳锤

我愿作蛰笑的佛像锈腐的老钟

我愿心里波震着伊人的脚步声

尝着充实的寂静　唱应着憧憬的朦胧

我愿静坐　等着到来了星空

听着我的灵魂的泻出的洒洒的活动

衬在银灰色的空间中　流动　流动

流荡出小河　大川　湖　海　流荡在夕暮的涡中

流荡在夕暮的涡中　流荡　流荡

流荡到伊人的心中　又流出伊人的身上

直等到虚弱的月亮升出

细鉴美他的波漾与有的浮影交响

一九二五年四月一日，夜

雨后

穿上你的轻飘的木屐　披上你的软轻的外衣

趁着细雨濛濛　我们到湿润的田里

我们要听翠绿的野草上水珠儿低语

我们要听鹅黄的稻波上微风的足迹

我们要听白茸茸的薄的云纱轻轻飞起

我们要听纤纤的水沟弯曲曲的歌曲

我们要听徐徐渡来的远寺的钟声

我们要听茅屋顶上吐着一缕一缕的烟丝

我们要瞅着神秘的扉开在灰绿的林隙

我们要等过来了跣足的牧儿披着蓑衣

我们要等河上凝着的淡雾慢慢的卷开

我们要等熏醉的树枝滴滴净了他的珠玉

我们直走到各各的幽径都遍了你的足迹

我们直走到你的桃红的素足软软的浸湿

我们直走到万有都映着我们的影子

我们直走到我们的心波寂蛰在朦胧的怀里

穿上你的轻飘的木屐　披上你的轻软的外衣

趁着这细雨濛濛　我们到湿润的田里

一九二五年四月三日

水漂

我拾起一块小石头

轻轻的打了一个水漂

水漂振摇　水漂振摇

我好象坐上　到远国去了

若直若曲的海岸线　纤纤的

蓝玉玉的　寂寂的颤摇

覆着白纱的碧空中　银白的小妖

乘着淡月的光丝　与睡着的

茫无际涯的　青绿的大海的气调

应和着　闪闪的　飘飘的唱歌舞蹈

墨荫中低低的露出娇娇的女孩儿们的歌声

金发与金沙相波耀　浅水中浸着皎皎的素脚

空中时有一只孤鸿扇扇的飞飘

水里的鸳鸯煖煖的睡着了

浮动的　远远的林中如羊的颈铃儿微微的脆叫

再什么都像没有了——看不见有吞人的巨舟闪耀

水漂漂摇　我好象这样看见远国了

——啊　水飘忽的又飘散了……

我又拾起一块小石　想要……

啊　我不敢再投下去了

一九二五年四月四日

乞丐之歌

乞丐走进了村庄

乞丐在田间的道上

乞丐轻轻的歌唱

　"啊　这是给穷人的恩赏

到处都是我们的家乡

　"家乡在荒渡的渡头

家乡在古城的城上

家乡傍那里朦胧的池塘

　啊　这是给穷人的恩赏

到处都是我们的家乡

"翠柳是我的天帐

牧草是我的轻床

深更里还听得见黄鹂睡醒的歌唱

啊　这是给穷人的恩赏

到处都是我们的家乡

"我卧在乱冢中央　荒凉的丘上

我望着落下了点点点点的星霜

接吻着虚虚的飞尽了野蔷薇的花香

啊　这是给穷人的恩赏

到处都是我们的家乡

"我漫步沿海岸在人们都睡了的时光

我听着片片的稻风　声声的打浪

冷的鱼腥中歌唱着的几个西林姑娘

啊　这是给穷人的恩赏

到处都是我们的家乡

"我坐在十字路头柳荫庙旁

我冷笑着对着许愿的烧香

我指量着虚伪燃在信心头上

啊　这是给穷人的恩赏

到处都是我们的家乡

"水里的娃娃都象是我的儿郎

老年的翁妪都象是我的爹娘

都像我的爱人　我都像抱过　妙龄的女郎

啊　这是给穷人的恩赏

到处都是我们的家乡

"泉水呀　是我的椒汤

西风呀　是我的沉香

我吃饭总在神荼郁垒——神仙——的身旁

啊　这是给穷人的恩赏

到处都是我们的家乡"

乞丐走进了村庄

乞丐在田间的道上

乞丐轻轻地歌唱

"啊　这是给穷人的恩赏

到处都是我们的家乡"

一九二五年五月七日

北山①坡上

　　我们乘着银灰色的淡淡的薄冥的天光

　　要静静的看月出到青青的北山的麓上

　　我们蜿蜒地爬上了幽险的山径　展望

　　铜帮铁底的松花江头已圆圆的滚出了橙黄的玉般

　　　的月亮

　　远远的连山轻衬着烟纱笼着的浮动的村庄

　　天际上还如残存着浅浅的夕阳的余映

　　若隐若现的野犬吠声与风飘相交唱

---

① 北山，在吉林城西北边。

52

时时吹送到三五声定昏的喇叭的返响

木排上的灯火渐渐的表现出他们的纤纤的轻光

大概是木客们啊　正在把酒　高歌　话起了甜蜜
　　的家乡

沙汀里时涉着几个跣足的荡舟的儿郎

静止的白帆　越发灰淡　微迷着　斜依着苍茫

山洼的夹道上走过了一个担水桶的乡人

断续地激送来山泉中的一声一声的打水的动响

山寺的晚钟徐徐的滑渡在绿茵的梢上

徘徊的野犬对着我们欲吠却不敢张狂

看不见有飘动的游人的阴影来往

听不见有感伤的爱的心搏微微振漾

只有我们两个并仰卧在茸茸的青草地上

瞅着流荡出一根一根的月亮的光茫

满城的居人都在嗒嗒的睡着了

怎会有半缕的炊烟从他们屋上出来了

天主堂的塔尖冷冷的遥望着对岸的兵工厂的废墟
　的凋零

闪闪的月亮的银锋抚弄着水面的微睡的含笑

所有都是睡了　山也睡了　水也睡了

什么都是睡了　人也睡了　狗也睡了

只有我卧仰着抚按着你的心波　莞尔的笑着

啊　好如告诉我们什么似的消息　山泉的潺潺越
　发的清楚了

啊　怎又来了一声晚行人的归歌调

啊　不会念经的和尚怎又把钟撞响了

啊　时如浮纱似的走了　如盂兰盆似地走了

但　不要忘了这草茵　月影　那音波　色浪——

　　啊　心欲的家乡

一九二五年五月五日，夜

落花

我愿透着寂静的朦胧　薄淡的浮纱

细听着淅淅的细雨寂寂的在檐上激打

遥对着远远吹来的空虚中的嘘叹的声音

意识着一片一片的坠下的轻轻的白色的落花

落花掩住了藓苔　幽径　石块　沉沙

落花吹送来白色的幽梦到寂静的人家

落花倚着细雨的纤纤的柔腕虚虚的落下

落花印在我们唇上接吻的余香　啊　不要惊醒了她

啊　不要惊醒了她　不要惊醒了落花

任她孤独的飘荡　飘荡　飘荡　飘荡在

我们的心头　眼里　歌唱着　到处是人生的故家

啊　到底哪里是人生的故家　啊　寂寂的听着落花

妹妹　你愿意罢　我们永久的透着朦胧的浮纱

细细的深尝着白色的落花深深的坠下

你弱弱的倾依着我的胳膊　细细的听歌唱着她

　"不要忘了山巅　水涯　到处是你们的故乡　到

　　处你们是落花"

一九二五年六月九日

苏武

明月照耀在荒凉的金色沙漠

明月在北海面上扬着娇娇的素波

寂寂的对着浮荡的羊群　　直立着

他觉得心中激动了狂涛　　怒海　　一泻的大河

一阵的朔风冷冷的在湖上渡过

一阵的朔风冷冷的吹进了沙漠

他无力的虚拖着腐烂的节杖　　沉默

许多的诗来在他的唇上　　他不能哀歌

远远的天际上急急的渡过了一片黑影

啊　谁能告诉他汉胡的胜败　军情

时时断续着呜咽的　萧凉的胡笳声

秦王的万里城绝隔了软软的暖风

他看不见阴山脉　但他忘不了白登

啊　明月一月一回圆　啊　月月单于点兵

一九二五年六月十七日

我
愿……

我愿奔着远远的点点的星散的蜿蜒的灯光

独独的　寂寂的　慢走在海滨的灰白的道上

我愿饱尝着淡淡消散的一口一口的芳馨的稻香

我愿静静的听着刷在金沙的岸上一声一声的轻轻的

　　打浪

我愿坐在那里的路旁　那一片松原里的横卧的石上

我愿寂对着一涡一涡的回浪滚在那里的岩石的窝上

我愿细细的思维着掠在石面上的介殻的不住的沧桑

朦胧的憧憬着那里　那里　那里　那里的虚无的家乡

我愿寂对着那里古树底下枯叶掩着的千年的石像

我愿凝视着掩住了柴扉的茶屋前的虚设的空床

我愿笑对着微动的泊舟吐不出烟丝不能歌唱

默默的梦想着那里的天边的孤岛　散散的牛羊

啊　到底哪里是我的故乡　哪里的山头　哪里的
　　角上

哪里的风中　哪里的云乡　还是呱呱波动的青蛙
　　的声声声浪

啊　我愿寂寂的独独的漫步在夜半后的海滨的道上

我愿热热的热热的奔着到那远远的灯光而越奔越
　　奔不上

一九二五年七月十日

薄暮的乡村

渺渺的冥濛

轻轻的

罩住了浮动的村庄

茅茸的草舍

白土的院墙

软软的房上的余烟

三三五五　微飘飘的　寂立的白杨

村前

村后

村边的道上

播散着朦胧的　朦胧的　梦幻的　寂静的沉香

和应着梭似的渡过了的空虚的翅膀

漫漫在虚线般的空间的蜿蜒的径上

编柳的栅扉

掩住了安息的牛羊

牧童坐在石上微微的低吟

犬卧在门旁

稚气的老妪嘘嘘的吸着叶烟

微笑着呆呆的对着儿孙

吮着院心的群鸡吃谷的塔塔的声响

蝙蝠急急飞过的回波

慢慢弹起来的唧唧唧唧虫声的叫浪

远远的

田边的道上

温和的乡人　斜依着

瞅着遥遥的天际　绵绵的连山的荡漾

沉思着缓缓滑过的白帆在闪闪的灰白的纤纤的线上

村后的沙滩

时时送来一声的打桨

密密的柳荫中的径里

断续着晚行人的歌唱

水沟的潺潺　寂响……

旋摇在铅空与淡淡的平原之间

悠悠的故乡

云纱的苍茫

一九二五年七月二十四日

山村

辉阴的松杉

起伏的山田

抱住了小小的村庄

透迤参差　低矮矮的几十的茅檐

风声飘飘

和着流水的潺潺　瀑布　山泉……

水车激激的旋转

打打的吐着泡沫　石砌的河边

散乱的干草

狼藉在道上　村间　桥头　河岸

挂着红色烟草看板①的草舍的阶前

咕咕咕咕群鸡散叫的庭园

堆石的低低的短墙

爬着牵牛花的枝蔓

石隙间丛丛的生着青草

墙脚下静静的卧着一只黄犬

茅檐下　一个老妇徐徐的抽烟

裸着怀　流着汗　呆对着玉蜀黍的梢尖

汽水……饼干……煎茶……卷烟……

_____

① 看板，日文，小招牌。

微笑着　好象说　行人　休息　谈闲

板桥上过着汗喘的乡人……

游散的村儿　徘徊的野犬……

这是我读《投到海上的浮瓶》①到河边　幽径

　林间

那日　右岸的山村　蜘蛛渊畔

一九二五年七月三十日

---

① 法国浪漫诗人维尼（1797—1863）的一首诗。

67

心响

几时能看见九曲黄河

盘旋天际

滚滚白浪

几时能看见万里浮沙

无边荒凉

满目苍茫

啊　广大的故国

人格的殿堂

啊　憧憬的故乡呀

我对你　为什么现出了异国的情肠

飘零的幽魂

几时能含住你的乳房

几时我能拥在你的怀中

啊　禹域　我的母亲

啊　神州　我的故邦

啊　死者的血炎

啊　人心的叫响

地心潜在猛火的燃腾

啊　云山苍茫

啊　我对你为什么作异国的情肠

啊　几时能看见你流露春光

啊　几时能看见你杂花怒放

神州　禹域　朦胧的故乡

几时人能认识你的灿烂的黄金的荣光

啊　人格的殿堂

我为什么对你作异国的情肠

啊　落霞的西方

啊　无涯的云乡

一九二五年七月三日

不
忍
池
上

一声一声的幽睡的钟声

滴滴的凝入了细雨的濛濛

微振　寂飘　旋摇　徐散　薄凝……

和应着交响的千声万声——

反响的同声　无限的合鸣

点点的钟声　随着浮动的悠悠的云纱

点点的钟声消散在林梢　树丛　柳荫　水涯

点点的钟声罩住了朱壁　朱栏　辨财天[1]的家

———————

① 辨财天，原为印度神话中的神，后成为佛教中保护财产的神，
不忍池旁有该神的庙宇。

灰色的天际

白色的烟丝

巍巍的高楼　低低的矮房

渺渺茫茫　梦幻在白色的雾里

一阵一阵　微风掠住了莲叶莲蓬莲花……

一阵一阵的微风弄着钟声的水上落花

一阵一阵的微风好象送钟声到各各的人家

莲丛的近旁　微动着小小的孤舟　依着浪花

飘荡的浮菱上轻轻的　卧着两个鸭鸭

遥遥的对岸上　一个红裙的少女　撑着绿伞　呆
　　对着天涯

汽笛呜咽　好像怕　越发地不清

电车懒懒的动着如不愿前行

时时唯听见打打打打的木屐儿声

无限的朦胧

荡漾的憧憬

我心里……

愿时时振荡着

若聚若散

玲珑的钟声

一九二五年七月二日

薄光

来　走到那衰凉的原上

看虚虚的扩乱了那淡黄的薄光

谷中　天边　田间　道上……

啊　几时能捉住这夕暮的薄光

豹皮般的枯叶无力的弄着风响

凛凛的畎亩颤颤地等着凝霜

远远的古城似的墟头并立着直丁丁的空余鸟巢的

　　株株的白杨

啊　那是什么人　走在那淡黄的道上

看那腐草没着的小河罩着的灰黄

啊　看不见了　漫歌的牧童　蜿蜒的岸上

那电杆的梢头是不是还余着声声燕子空空的余响

啊　我爱这衰弱的自然　薄笼着澹淡的黄光

在那里　当年人打马回乡　平滑的道上

在那里　还余着坐牛车过路　老妇的回想

看那歪外外的野店的屋头　要倒的店前边的杆幌

啊　听见么　一点一点的　告诉我们当年的情

　　肠　澹淡的黄光

黄光弥溢了莽莽的平原　禹域的茫茫

黄光唤起了无限的白亮　希望的忧伤

澹淡的消散　酸酸的　涌起了冷的油煎的心肠

啊　愿不愿永远捉住　永远捉不住的　澹淡的黄光

来　走到那衰凉的原上

看那不住散灭的无限的永久的黄光

捉住　捉住　捉住　捉住　无限的黄光

啊　我们共他一同消灭罢　永久的黄光

一九二五年八月二十四日

烟雨中

油烟般的疏松

醉乳般的濛濛

轻浮浮的

浸住了如睡的寂城

雾腾腾的　水边杨柳

战战的震荡着衰废的高楼

灰色的天空交映着黄色的河流

呜咽的汽笛和应着新梦的泊舟

千年堆积的尘埃　腐草　粪土　瓦块

送出了无限的腥香　永远的徘徊

野犬虚吠　遥对水边　不知行人来

古木桥头　寂寂过路　断续的悲哀

远远的一片高墙闭上了神秘之扉

院里大概是满目蓬蒿　荒冢垒垒

打打的迸泥　自动车^①高唱着永久的凯歌

无边的烟囱　仍不在　吐吐的　吐着浓淡的煤灰

默默的少女　出神着　轻挑着绿伞　侧对着水涯

遥望着　远远走过了　一只的小舟　并点点的云纱

黄金图牢中　好像时时送出来虎　豹　熊　羆的

　　吼声

---

① 即自行车。

78

啊　谁能看出了高山　深林　风梢　水涯是他们

　　的故家

啊　满城的凄冷

啊　万有的朦胧

啊　憧憬啊

你倒是永远的灰淡　你倒是永远的光明

　　　　　　　　　一九二五年九月四日，下午

夏夜的伊东町里

我爱寂寂的漫步在田间的道上

心里往来着欲说却说不出的情肠

我爱慢慢的散步在灰白的道上

对着万有浮动　振荡　疏散　无限的交响

我爱看斜依着门前农家的胖胖的姑娘

我爱看朴素的老妇赤足裸腿坐在道旁的石上

我爱看痴呆呆的小儿捕流萤傍田间的水沟

我爱看散步归来的少年轻轻的牵着小狗

我爱看完了活的工人三三五五的过路

我爱看低吟的乡人寂寂的跟着慢慢的老牛

我爱看茸茸的铅黑净化了遥遥的山庄

我爱看淡淡的雾幕罩住了点点的草房

我爱看自动车的飘影走进了夹道的山间

我爱看梭似的一辆二轮车疾的飞向海边

我爱看闲散的人们随随便便聚在十字路旁的冰屋 ①

我爱看初恋的朋友搭肩　握手　并立在板石的桥头

———————————

① 冰屋，日语，卖冷饮的小店。

81

我爱看低柳荫中矮矮的地藏 [1] 眼前的插花

我爱看高兴的青年走过路上抱着一个大西瓜

我爱看竹丛的神幽　我爱看松松的梢头

我爱看河边　桥头　的看板　并河中的泊舟

我爱看空气的朦胧　我爱看天色的烟动

我爱看远远的灯光　不知哪里　若灭　若明

我爱看山根底下颓废的神社　三两木架的牌房

我爱看田间的一棵大树寂寂的听着水响

我爱寂寂的漫步在田间的道上

———————————

① 地藏，佛教中的地藏菩萨。日本民间惯将其形象刻成石雕，置于路旁、桥头，以接受人们的祈愿。

82

心里往来着欲说却说不出的情肠

我爱慢慢的散步在灰白的道上

对着万有的浮动　振荡　疏散　无限的交响

一九二五年九月十三日

与旅人——在武藏野①
的道上

奔遥遥的天边

奔渺渺的一线

奔杂杂乱乱　灰绿的树丛

奔雾瘴瘴的　若聚若散的野烟

旅人呀　踏破了走不尽的淡黄的小路

问遍了点点的村庄　青青的菜圃　满目的农田

旅人呀　前进　望茫茫的无限

旅人呀　哪里是你的家乡　哪里是你的故园

---

① 武藏野，东京郊外的广大原野。

不要忘我们的水沟

不要忘我们的桥头

不要忘田边　水上　拴着我们的老牛

不要忘我们的菜车　我们的背景　我们的莱芜

旅人呀　走过了那漫坡坡的小丘

问遍了那里的镇市　那里的人家　那里的街头

旅人呀　前进　对茫茫的宇宙

旅人呀　不要问哪里是欢乐　而哪里是哀愁

　　　　　　　　　一九二五年十月六日，夜半

雨
丝

一缕一缕的心思

织进了纤纤的条条的雨丝

织进了淅淅的朦胧

织进了微动微动微动线线的烟丝

织进了远远的林梢

织进了漠漠冥冥点点零零参差的屋梢

织进了一条一条的电弦

织进了滤滤的吹来不知哪里渺渺的音乐

织进了烟雾笼着的池塘

织进了睡莲丝上一凝一凝的飘零的烟网

织进了无限的呆梦水里的空想

织进了先年故事不知哪里渺渺茫茫

织进了遥不见的山巅

织进了风声雨声打打在闻那里的林间

织进了永久的回旋寂动寂动远远的河湾

织进了不知是云是水是空是实永远的天边

织进了今日先年都市农村永远雾永远烟

织进了无限的朦胧朦胧——心弦——

无限的澹淡无限的黄昏永久的点点

永久的飘飘永远的影永远的实永远的虚线

无限的雨丝

无线的心丝

朦胧朦胧朦胧朦胧朦胧

纤纤的织进在无限朦胧之间

一缕一缕的心丝

纤纤的

织入

一条一条的

雨丝

之中间

一九二五年十二月二十八日，中野

88

苍白的钟声

苍白的　钟声　衰腐的　朦胧

疏散　玲珑　荒凉的　濛濛的　谷中

——衰草　千重　万重

听　永远的　荒唐的　古钟

听　千声　万声

古钟　飘散　在水波之皎皎

古钟　飘散　在灰绿的　白杨之梢

古钟　飘散　在风声之萧萧

——月影　逍遥　逍遥——

古钟　飘散　在白云之飘飘

一缕一缕　的　腥香

水滨　枯草　荒径的　近旁

——先年的悲哀　永久的　憧憬　新觞——

听　一声　一声的　荒凉

从古钟　飘荡　飘荡　不知哪里　朦胧之乡

古钟　消散　入　丝动的　游烟

古钟　寂蛰　入　睡水的　微波　潺潺

古钟　寂蛰　入　淡淡的　远远的　云山

古钟　飘流　入　茫茫　四海　之　间

——暝暝的　先年　永远的欢乐　辛酸

软软的　古钟　飞荡随　月光之波

软软的　古钟　绪绪的　入　带带之银河

——呀　远远的　古钟　反响　古乡之歌——

渺渺的　古钟　反映出　故乡之歌

远远的　古钟　入　苍茫之乡　无何

听　残朽的　古钟　在　灰黄的　谷中

入　无限之　茫茫　散淡　玲珑

枯叶　衰草　随　呆呆之　北风

听　千声　万声——朦胧　朦胧——

荒唐　茫茫　败废的　永远的　故乡　之　钟声

　听　黄昏之深谷中

一九二六年一月二日，东海道上

朝之埠头

油灰的　朝霭

浓烟

乳滴滴　凝散

薄冥　的　微睡之间

若不见——

远远的　云山

一线——

渺渺的　在灰色太空之间

寂鸟　不见

永去　不还

永远　陶醉——

幻散　在　软软的　浓网　如烟

若振的　檐桅

纤纤——

素描　轻钩——

丝丝的排立　神经　虚幻　寂眠

轮廓　的　楼房

点点……

比栉的细线　虚弦

隐隐　瞑瞑　薄薄的　纱烟

鸣叫　哀鸣

远行船——

喷烟　向　无限　天边

去——不还——

万有　飘淡

现　幻　茫茫的　灰淡　颤颤

如醉　朝雾　无限——

浓烟——

油灰的　天空　之　中间——

一九二六年一月十二日，神户

94

猩红的灰暗里

吮不尽了

猩红境中

干泪的酒杯

尝不出了

灰暗里

无言的哀悲

啊

荒冢

垒垒

满目　萧凉——

纸灰

不要问——

行人

落花

流水

看——

无涯的衰草

沉媚的水湄

啊

嗑不尽了

永久的干杯

啊　猩红——纸灰——

一九二六年四月二十四日，
夜三时，不眠中，中野

鸡鸣声

鸡鸣声

唤不起

真的

哀悲

我不知

哪里是家

哪里是国

哪里是爱人

应向哪里归

啊　残灯　败颓

鸡鸣声

引不起

新的

酸情

我不知

哪里是明

哪里是暗

哪里是朦胧

应奔哪里行

啊　败颓　残灯

一九二六年四月二十四日，夜三时半，中野

弦上

忘尽了罢　青春的徘徊

忘尽了罢　猩红的悲哀

啊　无限的追忆呀

那都是梦里的尘埃

青蛙声声　唤不起你的故乡

暗里的灯光　燃不出你的愁肠

啊　朦胧中的幻影啊

那都是朦胧的家乡

明日的幽梦　自是流水落花

情热的 Romance 也是点点晚霞

啊　憧憬中的欢乐啊

那却是悲哀的萌芽

朋友　紧紧的关住了门窗

听我们的心波在黑暗中交响

啊　唯有那瞬间的酒杯呀

能浸住我们心里的灰黄

一九二六年六月十一日，广东

沉默

青春的欢乐　猩红的　绕　澹淡的　灯光

在朦胧里　在朦胧上　悠的　不知飘向哪里去了

淡淡的灯光　冷冷的　对遥遥的远山　无一只人影

寂静　铛铛的声音　声声的蛙叫　再没有什么

舟子　摆舟在无尽的江头　黄色的空气里

情热的 Romance 不知哪里去了　澹淡的灯光

在朦胧里　在朦胧上　仍寂寂的飘荡　寂寂的荡摇

一九二六年六月十一日广东

第二辑

流亡者之歌

写给东北的青年朋友们
又到了这灰白的黎明

写给东北的青年朋友们

到处是民众的苦痛，

到处是民众的凄惨，

朋友，睁大了我们的眼睛，

睁大了眼睛看我们的目前。

看吧，我们的民众带的锁链；

看吧，我们的民众背的负担；

看吧，到处的土绅土匪；

看吧，到处的吗啡鸦片；

看吧，南满沿线的公学堂；

看吧，各地方的满洲银行；

看吧，垄断舆论的华字外报；

看吧，私贩军火的外国药房；

看吧，那些化装的调查团；

看吧，那些木材的买办；

看吧，是谁占据了吉长、吉敦铁路；

看吧，是谁酿成了本溪湖事件。

朋友，这些事哪个不需要我们调查。

朋友，这些事哪个不需要我们表现。

朋友，不要忘了这里的殖民地的色彩。

朋友，不要忘了这充满矛盾的荒原。

朋友，这森林大野里才有艺术的怀胎，

朋友，这殖民地的矛盾里才有真正的革命情怀。

朋友，低下头看这被压迫的民众。

朋友，培成革命的意识，写尽他们的悲哀。

一九三〇年七月二十八日，夜，吉林大学

又到了这灰白的黎明

又到了这灰白的黎明，

又听见这轧轧的车声。

朋友！你们还是在作殖民地的贱民？

朋友！你们还是在作人间的劳动？

朋友！你看哪里不是血腥？

朋友！你看哪里不是强盗横行？

朋友！你看是谁卖尽了血汗？

朋友！你看是谁得到了尊荣？

朋友！你看谁在作鸦片的甜梦？

朋友！你看谁在享卖国的光荣？

朋友！你看谁在伸着他那些毒牙？

朋友！你看谁在计划把你们压迫重重？

朋友！春去了还是夏来；

只有你依旧轧轧在清晨之街。

莫非你们要作他们的永久的奴隶，

要永远在这空街上往来？

朋友，时间一天一天地到来，

朋友，人间的努力要把人间的运命更改。

朋友，不要再作被榨取的工具啦。

朋友，对于我们的敌人要武装起来。

朋友，那时呀，虽仍是这样的黎明，

朋友，那时呀，虽仍是这样的车声，

朋友，只要我们努力，我们抗争，

朋友，那时我们要造成为人类的永远的劳动。

一九三〇年七月五日，吉林

别乡曲（一）

永别了，我的故乡，

我的云山苍茫的故乡，

我的白雪笼罩的故乡，

我的烟雾沉沉的故乡……

今日啊，我拿着我的行囊，

在这铅灰色的清冷的早上，

我不得已要离开你的怀中，

在我在里边待过这年半之后。

今天这车站是特别的清冷，

只有几个农民在那里擦手，吹气，

我拒绝了一切要送我的朋友，

他们的送别只是加重我的担荷。

往日啊，我是想把你早早离开，

今日啊，我对你却是眷眷不舍，

往日啊，我非常憎恨那在你里边盘据的禽兽，

今日啊，我却怕你永沦于腥羶。

今日啊，我把你前前后后想来想去，

我想着日本的利刃，军阀政客的刀锯，

农村的破产，农民的无知，

青年们欲受却受不到教育。

我想着你的法界的贿赂公行，

我想着你的军警的恣意抢掠，

我想着你那挂革命招牌的自治人员，

在勾结土豪地痞任意敲诈迫害乡民。

往日啊，或者我们还希望易帜，

但今日易帜却成为他们榨取的护符，

他们有人把热河行宫的古器搬入他们的私宅，

他们有人还计划为胡帅 ① 建修纪念的碑阁。

我想着因讲"祖先崇拜论"所起的风潮，

我想着因读《白屋文话》查封了一个学校，

我想着狱中的那些无辜的朋友，

---

① 指张作霖。

我想着那些出入无路的学校的青年。

我，想来想去，待在清冷的驿中，

我，在无多人的这车厢里边，驰想，

故乡啊，我想也许你永远流于腥膻，

故乡啊，也许你永远到不了水平线上。

永别了，我的故乡：

我的云山苍茫的故乡，

我的白雪笼罩的故乡，

我的烟雾沉沉的故乡！

一九三一年

别乡曲（二）

火车开了，打破我的寂闷，

我又看见了白雪笼罩的平原，

我看见农夫驾车奔驰道上，

我看见了逶迤的田亩，一望无边。

一切像在白雪里蒸腾，

一切像在白雪里鼓动，

一切里像赤炎炎的烈火，——

我们农民的努力，我们农民的热情。

我看见白树三五围绕的农村，

我看见草房，马棚，猪圈，

我看见在场院玩的儿童，

我看见在忙忙碌碌的农夫农妇。

卖柴的爬犁赶出在道上，

又好象铺店的外柜在路上奔驰。

我看着一个人一个人面带着菜色，

我看着那些农人忙了一年得不着报酬。

那里，我们那高高的龙潭，

你能不能给他们一点安慰？

那里，我们那一带的大江，

你能不能给他们一点休息？

你们知道吧，他们的先年的安乐，

可是他们安乐是几时失掉？

你们知道吧，他们的先年的富裕，

可是他们的先年虽没有今天这样的丰收！

他们现在呀，只是努力，

可是他们越努力越换得他们的贫穷，

昔日十顷之家

今日大抵变成了佣工。

他们一年的血汗廉价地卖掉，

只换了几种高价的日本物品，

他们辛辛苦苦存得的银钱，

还不够保卫军警一朝的榨取。

"打粳米，骂白面，不打不骂小米饭，"

——我想着这些军警们下乡的口号，

切腹还租，殴杀地主……

——我想着这些农民的不得已的行为。

我想着已往，现在，种种农民生活，

我想着左一重，右一重，种种方法的剥削，

我想着种种的苛税苛租，

我想着日本帝国主义的方法，政策。

我忍不住了，我忍不住了，

我好象要捉住我们的农民向他们分说：

朋友啊，你们今天还是睡觉？

朋友啊，你们知道不知道必然的趋势要将你们

　　没灭？

朋友，朋友，我的劳苦终年而不得报酬的农民，

你们啊，要向压迫者竖起你们的叛旗，

你们啊，要向日本帝国主义者决斗，

你们啊，要向压迫我们的牡狗屯①军阀进攻。

你们要团结起来，你们要团结起来，

胜利终归于你们，胜利是终归于你们。

你们呀，是要作永久的奴隶？

你们呀，还是要作足衣足食自由平等的人民？

龙潭山不能安慰你们，

松花江不能给你们休息，

除非你们享有大地的丰饶，

---

① 牡狗屯，即沈阳。

你们把黑水白山收为你们农民自有。

在这清冷的车中，我想着你们的运命，

你们所受的牺牲和你们所有的热情。

我看——一切都在鼓动，

我看——你们的一切都在奔腾。

我看着你们在明晶的雪路上的劳作，

我想着你们必然的胜利，你们最后的成功；

我看这白雪茫茫的平原，

啊！火车行着，打破了我的寂静。

一九三一年

奉天驿① 中

今天我又进入这杂沓的人群，

今天我又听见这喧嚣的声音，

在这灯光辉煌的夜晚，

我只是彷徨，我却想呜咽。

这是我的故乡，

但我的故乡十年来居然大变。

昔日是朴素的农田，

---

① 奉天，即沈阳市；驿，指火车站。

今日也布满了工厂的云烟。

现在啊，是黄色的灯光，黄色的灯光，

现在啊，是汽车的声响，汽车的声响，

到处啊，是满面菜色的中国人，

到处啊，是日本帝国主义的喜气洋洋。

这帝国主义的支配已完全成形，

民众只知道受压迫但不敢出声，

任他们榨取，任他们垄断金融，

民众啊，只是用他们的血汗度他们的残生。

我想到了他们任意地生杀予夺，

我想到一个小孩因攀树被折断了胳膊，

我想到了去年本溪湖的事件，

我想到了他们的吗啡公卖，杀人放火。

火车开了又来，

那门啊合而复开，

夹杂在日本调的中国语声里边，

那旅店的人们只是呆呆地送往迎来。

我对着尘埃的灰黄，

想到天边，想到民间，彷徨地默想，

啊，哪一声汽笛不是带走无数的血汗，

啊，哪一声汽笛不是带来了千万的刀枪。

千万的刀枪打入了民众的身躯，

千万的刀枪刺入民众的心上，

民众总有一天会想到苦痛，

他们那时要举起旗帜向你们反抗。

"本溪湖行"的声音扬而复抑，

"大连行"的声音停而复来，

在这灯光辉煌的夜晚，

心如刀刺地，我只是彷徨往来。

一九三一年，一月

啊！烟笼着的这个埠头

啊！烟笼着的这个埠头！

啊！黑炭般的钻石般的房屋！

我今天又同你离别，

你又从你的脏腑中把我吐出。

我这一天的漂泊，

我感到无限的心绪，

我在你鼓动着的心窝，

我好象见着当日的村落。

当时呀，有人说，是一个泥洼，

当时呀，有人说，是一个渔村。

你这个唯一的欧化的都市，

当时呀，一片荒凉，怕是寂寥无人。

今日，在你这群山拥抱之中，

今日，在你这湾浦曲折的里面，

你的汽车、电车、火车，驰骋来往，

你的担夫苦力不住地奔忙。

你的烟囱管尘埃埃的在天边，

你的警察直挺挺地站在街衢，

你的生气勃勃，你的趾高气扬，

你的胜利的人们来往奔跑。

可是，在你的腾动的里边，

我看见了一个先兆，

我看见了血腥，血腥变成了愤怒，

我看见了臭汗，汗臭藏着利刃。

我看见在你的利益倍蓰的里边，

在你的得意洋洋的胜利的内面，

那些欲死而死不了的人的叫声，

那些被榨取的人们的哀叹。

那些人将要结合在一起，

那些人将要团聚在一团，

那些被压迫者的弹力

将来要把你帝国主义的支配推翻。

今天我看见他们的力量在聚集，

我看见他们在无言中凝结着他们的精力，

他们一旦弹涨起来，

那时就要打倒你的帝国主义。

今日我虽然看见一片血腥，

但我看见血腥里边藏着希望。

今日我虽然看见人间马牛的呻吟，

但我看见在呻吟里存在着刀枪。

啊！烟笼着的埠头，

啊！烟熏的箱子般的房屋！

啊！今天把我的悲哀变成了希望，

你把我从你的脏腑中吐出。

一九三一年一月

辉煌的大楼

辉煌的大楼，

Paul Morand[1] 所歌颂的辉煌的大楼，

藏娇耽乐的大楼，

端坐在十字街头。

里边传出悠扬的声音，

但听见声音见不到歌舞的人群。

四面是灯火煌煌，

---

[1] Paul Morand，通译为莫朗（1888—1976），法国作家，他的作品创造了一种歌颂现代都市生活的特殊的抒情风格。

但这煌煌的火城却做成了禁闭的围墙。

四壁外是洋车汽车，

四壁内是舞蹈声歌；

四壁外是纷纷的雨雪，

四壁内是瞬间的陶醉，刹那的欢乐。

在煌煌火城的内面，或者有人在哀吊着当年的希腊，

或者在吸着烟斗，想着当年的爱罗绮斯，

或者在谈着古代宫廷的繁富，

或者在暗尝着幽美的爱的田园。

或者有人想着怎样做官，怎样发财，

或者有人想着今后金融如何展开，

但是他们都瞅着那些女人的胸脯，女人的大腿，

他们都想着用他们的金钱去买到他们的缠绵的悲哀。

门外一声突突突⋯⋯一辆汽车停止，

一个西装的博士慢慢从车门而出，

他带着 ××××的徽章，走入门口，

一边在想着纽约、芝加哥，得意洋洋的神情。

随后，又是一声两声的汽笛飞来，

载来些老老幼幼，男男女女，

随后又是一声两声的汽笛飞来，

拉去了陶醉饱了的那些东西。

但一阵，灯火更为辉煌，乐声更为洪亮，

而也正在这时，外边的雪更厉害地飞扬。

也正在这时有人活着扔掉了他的初生的婴儿。

也正在这时，那肿腿的乞丐赤身露体坐在路边。

今夜啊，不知哪里又冻死了无数的人民，

今夜啊，不知哪里又有多少人无衣裹身，

但今夜，博士们在这煌煌火城中陶醉，

大人先生在他们的窝中安卧，诗人在炉畔呻吟。

煌煌的火城，

坐在十字街头，

从哪里外国军舰来的礼炮，

应和着这喧乱的音乐，

似在祝福这巍巍的大楼。

一九三一年一月二十七日

我们要唱新的诗歌①

我们要唱新的诗歌，

歌颂这新的世纪。

朋友们！伟大的新世纪，

现在已经开始。

我们不凭吊历史的残骸，

因为那已成为过去。

我们要捉住现实，

---

① 这是作者为中国诗歌会会刊《新诗歌》写的发刊诗。

歌唱新世纪的意识。

"一·二八"的血未干，

热河的炮火已经烛天。

黄浦江上停着帝国主义军舰；

吴淞口外花旗、太阳旗在飘翻。

千斤寨的数万矿工被活埋，

但是抗日义勇军不顾压迫。

工人农人是越发地受剥削，

但是他们反帝热情也越发高涨。

压迫、剥削、帝国主义的屠杀，

反帝、抗日，那一切民众的高涨情绪，

我们要歌唱这种矛盾和它的意义，

从这种矛盾中去创造伟大的世纪。

我们要用俗言俚语，

把这种矛盾写成民谣、小调、鼓词、儿歌，

我们要使我们的诗歌成为大众歌调，

我们自己也成为大众中的一个。

我们唱新的诗歌吧，

歌颂这伟大的世纪。

朋友们！我们一齐舞蹈歌唱吧，

这伟大的世纪的开始。

一九三二年

扫射

这是一九三二年的夏天，

那些天真的民众受了帝国主义的扫射，

他们就了他们所预想不到的死，

在那青春的山坡之傍，阳光辉耀之下。

那些人有的是小贩子，有的是小商人，

有的是手艺人，但是大多数是佃农和雇农。

数目有人说是三千，有人说是五千，

可是堆在山坡之傍的尸骸是谁都不能数清。

说起来是这么样的一回事情，

从"九·一八"以来帝国主义越发来压迫中国民众，

他们派来数十万大兵在我们东北大野横行，

坦克车，铁甲车到处飞跑，大炮炸弹到处轰杀我
　们的民众。

豪绅地主投了降，军阀政客不去抵抗，

一块丰饶的大野和数百万的民众白白作了牺牲，

农村破产，水灾，饥馑，失业，接二连三地跑了
　出来，

真是弄得那饿殍遍野，哀鸿载道，民不聊生。

俗语说的好，官逼民反，兔子急了还咬人，

重重的压迫和剥削一下子弄出来了义勇军，

说起义勇军来那真是神通广大，

一个人，两个人，转瞬间就是好几万人。

帝国主义者们说那些义勇军都是"土匪"，

不是的，那些义勇军都是善良的百姓，勤苦的农民，

受压迫受得不堪他们才武装自卫，

他们要打倒帝国主义，所以帝国主义给他们加上

　"土匪"的罪名。

那些义勇军南征北战，东打西杀，

日本帝国主义的军队被他们弄得是头乱如麻，

这一天的上午他们曾经退出了这个村庄，

他们曾经占据了七八整天，使日本军队出了好多死伤。

自然是因为日本帝国主义有毒辣的武器，

所以义勇军为战略的关系从那个村子里退去。

在村子里驻防自然要受当地的民众的欢迎，

可是因为庄稼种在地里，民众是不能同他们退去。

闲言少叙，待我把正传来说，

且听我说罢，帝国主义是为什么是如何地把他们

　　扫射，

说起帝国主义来真是心里藏刀，手段毒辣，

那些民众受了扫射还不知是为得什么。

义勇军退去了，一队日本兵开进了村庄，

一个军官领着，真是神气极了，仪表堂皇。

他们全副武装，还带着大炮和机关枪，

一！二！三！一！二！三！地走进来，

　　真是得意扬扬。

民众虽然是欢迎义勇军，

但看见帝国主义军队也是不敢出声。

那些善良农民只知道谁作皇帝给谁纳晋，

他们哪知道帝国主义是来吸他们血抽他们筋。

日本军官一进村庄满面笑嘻嘻，

他召集当地的民众要作一个训辞，

那些个慈良的民众哪个敢不来，

于是那些老老幼幼，男男女女，团团围坐地聚在

　　一起。

当然是有的抽着黄烟，有的抱着孩子，

有的光脚露胸，载着草帽，有的穿着长衣，

他们聚在那里，规规矩矩，一言不发，

静静地等着那位日本将军说那种结结巴巴的半中国话。

那位将官说出来："我们都是同种同文，"

随后他又说出来："我们日满是一家人，"

他过了会儿又说："你们那些良民，要接受大日

　　本帝国的皇恩，"

最后又说："我们要给你们照像证明你们不通匪

　　都是好人。"

张三听见笑嘻嘻，对王五说："这真不难。"

李四回头对赵六说："下次别的日本人来我们可

　　再不会受欺。"

老太太对小媳妇说："日本人还是讲理。"

张大娘对李二嫂说："这个年月，我们这样也算

　　有福气。"

忽然发出了一声"排好！"的口令，

男男女女都争先恐后地往前拥挤，

有的跷着脚用力地探起头来，

但日本兵打着骂着不多时就给排得整整齐齐。

大家聚精会神地在那里等着拍照，

这时一个日本兵把放置好的相机的镜头摇了一摇，

照了第一片他说："等等！再照第二片！"

可是在这时机关枪就啪啪地响起来了。

有的人听见机关枪声还有点莫明其妙，

有的地方发出喊叫声如鬼哭狼嚎，

又像有的地方发出来"为什么没当义勇军去！"
　的叹息，

又像有的地方发出来"为什么没有同日本人拼一
　下！"的喊叫。

忽然间见机关枪的声音停住了，

三五千的民众一起在地上仆倒，

日本军队把尸首用照像机照了下去，

随后倒上了煤油，放了火给他一烧。

第二天满洲,朝鲜各报纸登出来一个很长的新闻,

说："皇军大败义勇军，毙匪五六千人。"

可是屠杀善良的百姓的事实终被世界大众知晓，

这种消息从一个村庄传到一个村庄，从一个苦人

　　传到一个苦人。

这一种消息更加强了反日义勇军，

这一种消息更增加了大众对帝国主义的仇恨，

因为每个农民每个工人都有同样被扫射的运命，

只有为那些被屠杀的报仇才能把那种运命刘草除根。

这是一九三二年的夏天，

那些天真的民众受了帝国主义的扫射，

他们就了他们所梦想不到的死，

在那青青的山坡之傍，阳光辉耀之下。

一九三三年二月二十三日

两个巨人的死

去年死了亨利 [1]，

今年又死了玛克辛 [2]，

在全世界六分之一的地上，

紧挨着，失掉了两个巨人。

巴比塞，高尔基!

在黎明前，

在黑暗的包围里，

---

[1] 亨利，即亨利·巴比塞（1873—1935），法国作家。

[2] 玛克辛，即玛克西姆·高尔基（1868—1936），苏联作家。

这两个人类的导师，

这两个心灵的引领者，

在大众的痛苦中，

你们死去了！

人间地狱的《种种事实》，

惨酷屠杀的《意大利的故事》，

摧残人类的种种的兽行，

被这两个巨人给暴露出来了。

高尔基·巴比塞！

在满洲，

在阿比西尼亚，

在巴拉斯坦，

到处是人类的兽行，

到处是屠杀是地狱，

在大众的苦痛中，

你们死去了！

高尔基！你的生活同你的名字一样，

真是名符其实的苦痛——高尔基。

你从《深渊里》渡出了你的《童年》，

你经过了《人间世》，《遍历了俄罗斯》，

看过了那《四十年间》，目睹了旧时代的《没落》，

而那是你，那是你，

写出来那些《意大利的故事》。

而你呀，巴比塞！你呀，亨利！

你为祖国浴过枪林弹雨，

那是何等为人类的自由平等的动机！

你看见过《地狱》，你到过《火线下》，

你达到了《光明》，你认识了人类的《铁链子》，

而，那是你，那是你，

写出来那些残暴的《种种事实》。

玛克辛！亨利！

那个残暴的国土，

那些残暴的狼群，

是被你们给照耀出来了。

可是，现在，在内蒙，

在满洲，在到处，

是有更多的《种种事实》，

更多的《意大利的故事》。

而，现在，你们死去了！

你们从《深渊里》出来，从《火线下》出来，

你们的路径，现在有好些人在走着，

像你们似地，传达出被虐待者的声音，

那些个人，普遍在全世界，

要传播开那些更多的《种种事实》，

和那些更多的《意大利的故事》。

你们的从《深渊里》的教训，在《火线下》的教训，

是要被众多的人传遍到全世界，

在大众的苦痛中，

那才是真正的你们的遗产。

你们的死后的哀荣，

那或者是算不了什么，

你们的生前所受的种种欢迎，

那或者也算不了什么，

亨利，玛克辛，

你们的伟大就是你们的人生的历程，

就是那些个《种种事实》,那些个《意大利的故事》。

在黎明前，

在黑暗的包围中，

这两个伟大的巨人死去了，

在满洲，

在阿比西尼亚，

《意大利的故事》和《种种事实》，

是越发地显著了。

他们留下了伟大的遗训。

这一个人的死令人忆起那个人的死，

玛克辛呀！亨利呀！

两个巨人的死！

从《深渊里》出来的巨人，

从《火线下》跑出来的巨人，

这两个巨人死去了，

给人类留下那伟大的遗训。

一九三六年七月二日

我们的诗

小市民的悲哀呀，

都市生活者的虚无；

公式主义的幻影呀，

我们同现实缺少接触。

像是捉住了现实的形象，

却变成了蜃楼的影子；

像是扬起了歌喉，

却又失掉了歌唱的气力。

抛弃，抛弃，

那形式主义的空虚，

唤起来吧，

强大的民族的气息。

我们应是全民族的回声，

洪亮的歌声要震动禹域，

全民族的危亡的形象，

要——在我们心中唤起，

我们的诗，要颜色浓厚，

是庞大的民族生活的图画，

我们的诗，要声音宏壮，

是民族的憎恨和民族的欢喜。

抛弃，抛弃，

那形式主义的空虚，

唤起来吧，

火热的民族的意志。

一切的帝国主义，退去吧！

一切的帝国叛徒，退去吧！

我们的诗，要是一支降妖剑，

有他的强烈的光芒和声息。

一切的形式的束缚，退去吧！

我们的诗，要是浪漫的，自由的！

要是民族的乐府，大众的歌谣；

奔放的民族热情，自由的民族史诗。

抛弃，抛弃，

那形式主义的空虚，

唤起来吧，

敌忾的民族的现实。

一九三六年七月二十八日

『你们不用打了，
我不是人啦！』

从故乡来了一个朋友，告诉我那么一段故事，
我笑了，我的泪也落了。

告诉你，他们盘问我，
他们问我是什么人。

他们盘问我说：
"你是什么人？"
我说："我是中国人，"
一巴掌就打在我的脸上了！

他们又追问我说：

"你是什么人？"

我说："我是日本人！"

一巴掌又打在我的脸上了！

他们又追问我说：

"你究竟是什么人？"

我说："我是朝鲜人，"

啪地又是一巴掌打过来了！

他们狠狠地逼问我，

我哇地一声哭了：

"你们不用打了，

我不是人啦！"

告诉你，他们盘问我，

我就是不说：“是‘满洲国’人呀！”

一九三六年十月六日

流亡者的悲哀

在海的那边，山的那边，

母亲在望儿子，弟弟在望哥哥；

可是，没有人晓得，在这个大都市中，

我一个人在拖着我的流亡者的悲哀。

"可怜的落侣雁"般地悲凄，

故园的烽火，更显得我的空虚，

看见青年朋友，感到自己老了，

遇到跃动的生命，觉得自己是刑余。

在阴凄的巷中，度着虚伪的生活，

人生的途径，在心中被虐杀着；

憎恨，如烈火潜在黑煤块里，

流亡者的悲哀，也只有流亡者托起。

到海的那边，到山的那边，

流亡者的悲哀和憧憬交集着；

我也不想母亲，我也记不起弟弟，

故园的屠杀和烽火，在心中交映着。

一九三六年七月二十一日晚

外国士兵之墓

没有人给你送来一朵鲜花，

没有人向你来把泪洒，

你远征越过了万里重洋，

现在你只落了一堆黄沙。

你的将军现在也许在晚宴，

也许拥着美姬们在狂欢，

谁会忆起这异国里的荒墓？

只有北风在同你留恋。

故园里也许有你的母亲，

白发苍苍，在街头行乞，

可是在猩红的英雄梦里，

有谁想过这样的母亲和儿子？

现在，到了北风的夜里，

你是不是后悔曾经来杀人？

那边呢，是杂花绚烂的世界，

你这里，是没人扫问的枯坟。

一九三六年十月四日于虹桥公墓

黄浦江舟中

凉风吹过了横江，

水色映着天光，

我对着滚滚的浊流，

觉得像在我的故乡，

美丽的松花江上。

我想象着，在松花江上，

我的黄金的儿时；

就是半自由的时期，

在那"铜帮铁底"的江上，

163

每天还要渡过两次。

我忆起青年的高尔基，

飘泊在伏尔加的船上，

我忆起青年的勒芮^①，

荡舟在密西西比的流里；

我想象着沙皇和殖民者的世界。

我望着那两岸青葱，

想起松花江边的沃野；

而，避暑场所的那些高楼，

庞大的美孚油厂，汇山码头，

令我想起江沿的"满铁公所"了。

---

① 勒芮，即法国作家夏多勃里昂（1768—1848）。

恒丰纱厂的烟囱突立着，

宛如无数的待命的枪支，

向着我们在瞄准着。

在云烟尘雾的层中，

像是一涡一涡的毒瓦斯。

伏尔加河今昔不同了，

密西西比的河原上，

怕还溅着黑奴的鲜血，

松花江上呢，谁晓得谁

几时没有命，没有衣食？

松花江的原野上，

现在，是杀人和放火，

到处洒着民族的鲜血，

受虐杀的，和争自由的血，

在敌人铁蹄下被践踏着。

凉风吹过了横江，

水色映着天光，

我对着那各色各样的船旗，

遥遥地想着我的故乡，

血染的松花江的原野上。

一九三六年七月二十六日晚

她们的泪坠落在秋风里

——忆铁蹄下的那些失掉儿子的母亲和失掉丈夫的妻子们

在满洲，在那血染的森林和原野里，

在八月的乡村，在十月的旷野，

在冬天的雪地中，在春天的播种期间，

是有多少母亲，在想着她们儿子，

是有多少妻子，在盼着她们的丈夫，

望着被蹂躏的大地，心中流着酸泪！

九月的风吹着，她们望着荒凉的土地，

高粱叶枯黄了，她们寻溯着她们的枯黄的记忆，

儿子一去没有了消息，不知是江东还是水西，

丈夫自从那天被人捉去，以后就不知是生是死，

飞机在轰炸着，机关枪在扫射着，夜间都不能入梦，

厩中已没了马，院中已没了鸡，仓中更没有了粮食。

九月的风吹着，她们忆着往年的情景：

高粱晒红米了，豆子金黄了，往年现在是秋忙，

过了中秋佳节，大家就要准备割地和打场，

场院压得溜平，高粱、谷、豆，要一车车载到家里，

清早要发出打场的歌声，黄金的粮食进入仓中。

可是，现在，人没有了，也没有了鸡和马，只剩

　　了活的孤孀！

她们回忆着，回忆着往年的乡村，农村的没落，

往年的苛捐杂税，钱发毛荒，一年比一年地穷困，

可是，往年还是能种地、收割，总不像这几年没

有衣食，

现在，儿子、丈夫都没有了，眼看着地里长高了
  蒿草，

没有了马，没有了鸡，没有了裤子，也顾不得廉耻，

夜中虽偶尔入梦，可是又来了机关枪声和飞机！

岁月催着人老，忧愁催得她们白发苍苍，

那些没有了丈夫的妻子，失掉了儿子的老娘！

遗腹的孙子饿死了，小儿子也冻成残废，

田地荒芜了，可是，催钱粮的还是屡次来逼，

说："看你们家里无人，好多财主都押在封里。"

她们心中流不出泪来了，如同大地已不长粮食。

有时，日本人的飞机在轰炸着，屠杀着人民，

瞅见那鲜血迸飞，她像看见她们的丈夫和儿子的

面影，

她们想象他们也是那样地遭屠杀，是那样英勇抗敌，

她们感到了藉慰，可是，随后，在心中又流出酸泪了。

催钱粮的一次比一次来的凶，田地一天比一天荒芜，

如同大地被蹂躏一样，她们心中的泪也被践踏干了！

有时，坐在井边，望着八月的田野，

有时，待在窗前，面对着骇人的雪夜，

她们从春耕望到秋收，从腊八盼到夏至，

可是，丈夫儿子终无消息，不知道是江东水西，

她们想着他们的英勇的死，或者是英勇地活着，

望着被蹂躏的大地，她们的泪坠落在秋风里。

一九三六年八月十一日

江村之夜（合唱诗）

一

白杨皎洁，青松苍翠着，
松花江上是静静的。
暗夜慢慢地爬起来，
笼罩住苍茫的大地。

从豆地里，高粱地里，
送出草虫的凄鸣。
一阵一阵的风，

令人闻到五谷的芳香。

远远一带连山，
天空中，星光辉耀着，
夜色是朦朦胧胧的，
烘托出一钩新月。

顿时间，在苍茫中，
大地像苏醒了，
田畴中，黑影蠕动着，
荒凉中，又蓬勃着生气。

如大海中起了怒潮，
莽原中，如火在焦烧，

旗帜在屋顶林梢飘荡着，

乡村像是顿生了光耀。

今夜，他们是准备作夜袭，

今夜，他们是要作夜聚，

"九·一八"之夜，黑暗的夜，

他们是要用行动纪念你。

民众从各村庄集合起来，

情热燃烧着大地。

白杨皎洁，青松苍翠着，

松花江上是静静的。

二

几条火龙般的斑点的长蛇，从四外，向那江村凑
  集着，

逶迤蜿蜒地，奔驰着，如百川汇流在巨海。

如同北风飞腾着，卷扬起来的塞外的胡沙，

又如同热带的高速度的飓风荡在镜平的海上。

心里怀着热情,口是非常沉默的,脑子是非常冷静,

疾走着，来纪念这"九·一八"，那些狂波怒涛
  的民众。

他们都是四乡的农民，有的是没落的小地主，落
  魄的商人。

有的，是失了丈夫的妻子，有的，是失了儿子的
  母亲，有的，是孩提。

有的,是白发苍苍,人老心不老,露着活泼的童颜。

有的，是美丽的少女，健全的青年，面上却露着
　　饥饿的菜色。

他们以先也许是这家跟那家有仇，也许都作过械斗，

也许因为欠租打过官司，也许因借贷都出过人命，

也许他们过去有婆媳的怨恨，妯娌的冤仇，

可是，一同在纪念"九·一八"，集聚在抗敌的
　　旌旗之下了！

如同荒原的野火在燃烧着，他们心里燃烧着猛烈
　　的热情，

他们是一心，他们是一意，他们具有铁一般的
　　意志，

他们围成一个铁筋钢骨的城，宛如那铜帮铁底
　　的松花江，

他们那座钢铁一般的城墙，就集聚了他们的钢铁
　　的意志，

他们的钢铁的意志作成了钢铁一般的力量！

九月的暗夜是沉重的，沉重的是他们的心里的热情。

他们心里是充满着憎恨、欢喜、希望，一切敌忾
　的心，

除了偶然两声老人的唏嘘，一切都是坚强的意志。

如同野火在燎原着，热情燎原着在他们的心中，

在九月的夜里，狂奋着，应着九月的风。

那里有从山东来的难民，从朝鲜来的贱民，

像赶猪似地被赶来的路工，没有工做的小手艺匠，

都来纪念那流血的大屠杀，那个作奴隶的日子，

万心一意地，在武装着，憧憬着未来，在锻炼着
　　自己，

热情沸腾着，如钱塘江的怒潮，如黑水洋的巨浪，

在纪念着"九·一八"，在九月的夜里，准备着突击。

三

在破板子搭成了的台上，

大家发出纪念的言辞。

钢铁一般的意志，

流出钢铁一般的话语，

成了钢铁的交响乐，

在那钢铁一般的夜里。

发言者甲

"'九·一八'到现在已经五年，

我们真是作了不少的鏖战！

袭击，突攻，我们是出奇制胜，

我们真是不知攻破了多少敌人的营盘，

我们潜伏在山林中，高粱地中，

我们真是不知劫到了多少敌人的粮食！"

"这是我们个人的力量么？

不是，是大家的共同的合力，

专靠军队的力量是不够的，

是因为民众在互相联合一致！"

（这里，大众是应唱着，

或者是在心里默想着。）

"自从'九·一八'那一个黑暗的夜里，

我们的脖颈上认真加上一条锁链。

飞机、大炮，向我们身上轰炸，

机关枪不知扫射了多少民众。

生的要求使我们起了义勇军，

都市和农村，大家同敌人相抗衡。"

"这是我们个人的力量么？

不是！是大家合力在抗敌！

专靠着兵士的力量是不够的，

大众联合起来，才有最后胜利！"

（这里大众在唱着，

或者是在心里默想着。）

"我们使日本人疲于奔命，

他们成了我们的运输司令。

送来了粮食，送来了军器，

哈哈！使我们要抵抗到底！

看光明，我们的最后的胜利，

纪念'九·一八'，今晚要去突击！"

"胜利终归是我们的啊。

是的！我们大家合力去抗敌！

农工商学兵，来解放我们自己，

从侵略者争取我们的最后的胜利。"

（这里，大众是在应唱着，

或者是在心里默想着。）

发言者乙

"自从那年起真是糟糕，

家家户户就没有了吃烧。

春风吹来，眼瞅着不能下种，

到了秋天，到处是满地蓬蒿。

锄头呢，只好不用，挂在墙上，

大车呢，也只有劈了，作柴烧。

儿子呢，抓到县里去没有消息，

马呢，通通地被他们征发去了。

猪也给杀光了，鸡也被抢尽，

家畜呢，只剩了两只没饿死的瘦猫。

这还不算，县里还天天来催钱粮，

飞机、机关枪，还在向你射扫！

本想是谁作皇帝给谁纳晋，

可是，连顺民也不让你作了。

你不去造反，有什么办法，

老百姓没法子，也拿起镰刀，

锄头、斧子、二齿钩，都作了武器，

要把鬼子和鬼奴剪草除苗！

这一下子真算是有了救星，

我们老老少少都去放哨，

把日本兵打得七零八落，

'满洲国'兵，见我们望风而逃。

今夜，我们要护卫我们村庄，

今夜，我们大家要都去放哨。

我，虽是庄稼人，也已经明白了：

只有抗日是活路一条。

今晚，那里要过敌人的兵车，

去袭击，劫点军火和粮草。"

发言者丙

"提起了小鸡子，真令我心痛，

我那个大芦花真会打鸣。

我那大黑母鸡一天给我生一个蛋。

我的小孙儿要吃蛋我都不给，

可是，咳！被日本子通通给我抓去了。"

"想起来真苦呀，我的小孙儿活活冻死，

我的儿媳妇被日兵强奸跳到井里，

我的那个儿子，谁知道他在江东或水西，

是那些黑心的鬼子，把我弄得家败人亡了。

我要拿菜刀，去杀上几个，虽然我已七十七。"

（所有的人都呜咽了，

泪洒在秋日的暗夜中，

愤恨燃烧在所有人的心中，

如同烈焰在原野燃烧着！）

发言者丁

　　"这几年来，真不知道我们流了多少血，

　　多少人失了踪，多少人被处了死刑，

　　东北的张学生，在城里读中学，

　　被诬说抗日，在北山上割了脖子。

　　好多人被捉去，关在一个房子里，

　　机械一转，连骨头肉都不见了。"

　　"这个年月，真是顾不得廉耻，

　　好多大姑娘，都穿不上裤子，

　　你们看，多少窗户都糊不上窗户纸，

　　在去冬，活活地冻死多少小孩子！

　　小鬼子弄得我们连地都没法种起，

　　一天想吃一顿稀粥也都作不到了！"

发言者戊

"你们说我是财主我是粮户，

可是，我反是比你们还苦。

你们不种地亦不用纳粮，

可是，我不收粮还得交大租。"

"前年，我儿子因欠钱粮被押起来，

受了毒刑，病死在封眼儿里，

去年我也被捉到县衙门里，

义勇军攻陷了城，算是把我救出来了。"

"我随着队伍，到在这一边，

我感到我的责任，是防卫我们疆土。

我们现在就是种地也不纳钱粮了，

185

看哪个王八蛋再来逼我们去封大租。"

发言者己

　　"虽然俺是老山东，长个南北脑瓜骨，

俺也有几句话，要向你们说上一说。

俺去年离开了山东家，到了关东城，

家里还有一个七十老娘，和孩子老婆。

他们说招工修铁道，双工钱，吃馍馍，

可是到了地方，俺可就砸了锅！

不但不给工钱，还给你带脚镣子，

一天供给一顿饭，是只给两碗粥喝！

想当年，俺东庄的王大哥，到过海参崴，

挣了很多羌帖，还带回来一个毛子老婆；

张庄里的李老三，也去挖金子到过漠河，

186

金子带来无其数，回家开了一个大烧锅。

俺这一次跑关东，真是可糟了糕，

家里来信说：没吃又没烧，裤子当光了，

说俺不养娘，娘活活地气死了。

以后就没有了信，据说是日本人给没收了。

不管是夏天大热天，还是冬天下大雪，

东洋鬼的铁鞭子总是在俺们头上震响着。

抬着道木，抬着沙土，抬着笨重的铁轨，

一直抬向东北，从拉发奔到大黑河。

纵令你是铁骨头，你也浑身发酸啊，

况且只吃一顿稀饭，俺那些伙伴死了大半了。

听说，有一天，用火车还给压死了好几十，

啊，天老爷照应，幸而俺早早地跑掉了。

俺现在有家归不得，没有盘川，过不去关，

日本人是俺的仇敌，所以俺加入你们的队伍。

俺会拆铁道，俺知道怎样使他们的火车掉辙，

今天，俺要纪念‘九·一八’，俺要拿枪去劫车。

俺明白了：只有打倒帝国主义是生路，

俺要保卫俺的疆土，俺也出去到哨所。”

发言者庚

"我是一个外国人，我的国籍是朝鲜。

我们那里比你们这里更是要凄惨。

我们几千年都是给别的国作藩属，

我们作日本的奴隶，已是三四十年。”

"为自由，为独立，我们曾经牺牲多少热血，

可是，在我们的脖子上，又加紧了那条锁链。

有多少人遭了屠杀，有多少人遭了焚烧，

是有多少志士，为祖国，被关入了囚牢。

"我们那里也有多少国贼，就如同"满洲国"的
　　那些官吏。
我们那些被豢养的走狗，是有很多来到你们这地方。
我们那里，也是有的是失业，有的是经济恐慌，
我那里的农村破产，也是同你们这里一样。

"帝国主义在我们北鲜筑港：清津、罗津和雄基。
那为的是向你们进攻。那里捉了好多廉价的奴隶。
帝国主义压榨着我们，犹如它压榨着你们似的。
你们的铁链加紧一环，我们的，也要加深了一扣。

"然而，一切的压迫，是压不倒我们自由的要求，
在我们的心里是同样地燃烧着反帝的情热，

我们也有我们的义勇军，在防御我们的疆土，

为国防我们要提携呀！我们全是被压迫的民族！"

发言者辛

"小朋友也爱国，

要奋勇保卫疆土，

刘秃遭了惨杀，

李柱子垫了马蹄。

为他的伙伴复仇，

他要向前去杀敌。"

"小朋友，不怕死，

要拥护民族利益。

尽管敌人飞机，

尽管敌人的铁蹄，

为他的未来福利，

他要执戈去杀敌。"

"小朋友，人虽小，

他的心倒有天高。

他可假扮牧童，

去探听敌人虚实。

今晚他要去侦视，

好让伙伴去突袭。"

大众合唱

"我们赞成这位山东大哥，

我们赞同这位高丽弟兄，

我们赞同这位小朋友，

为的我们的自由平等，

我们要去向敌人抗争。

被压迫的人群联合起来，

弱小民族要紧紧握手。

突击，去迎接未来的光明。"

"夜袭！突击！

向敌人冲锋！

我们的意志是钢，

我们的意志是铁。

我们是暴雨是狂风，

要铲除邪恶和不正。

为我们民族的解放，

去闯入帝国主义的老营！"

"'九·一八'，现在五周年，

我们用行动去纪念国难。

驱逐出去帝国主义，

我们才会有饱饭吃。

我们的钢铁的意志，

要荡扫敌人的铁蹄，

向敌人冲锋，突击，

向帝国主义老巢中捣去！"

四

白杨皎洁，青松苍翠着，

松花江上，是静静的。

星光闪烁着，

注视着苍茫的大地。

夜风吹荡着，

夜色越发朦胧了，

人海消散了，

又是谷香和虫鸣。

旗帜已经不见了，

乡村又入了暗夜；

莽原中，如猛火在烧，

他们今夜准备夜袭。

淡淡的，远远的连山，

天空中是一钩新月，

如怒潮前的海面上，

现在是夜袭开始了。

一九三六年八月二十日晚

第三辑

新的旅途

民族叙事诗时代

歌唱吧，民族的叙事诗的时代到临了，

天空和大陆中，实现了英雄的奇迹。

民族的生命的火，现在白热地燃烧着，

四万万五千万人的怒吼已震动了大地。

为了民族的自由平等，为了祖国的独立，

四万万五千万人在哨岗上紧握着自己的武器。

血与肉，交织出钢铁的抗战的交响曲，

一月间，一年间，十年间，是死灭，还是胜利！

全世界的被压迫的民族都在热烈地注视着我们，

怒吼吧！中国！为了人类的光明，为了德谟克
　　拉西！

现在，已涌起了钢铁的洪流，现在是中国的暴
　　风雨，

现在，中国是争自由的摇篮了，为全世界，为德
　　谟克拉西！

现在是民族的生命发扬到极高度的时候了！

现在是生死的关头，是光明和黑暗的分水岭！

民族的血在沸腾，意志是钢铁一般地坚韧了！

民族的行动，就是伟大的民族的英雄的史诗！

白热的生命的火花，要燃烧成白热的诗篇，

四万万五千万人的战歌，今后要震碎了强敌！

你们要作清亮的回声，你们要作广播的号筒，

　诗人们！

歌唱吧！现在，民族的叙事诗的时代到临了！

一九三七年十月于武昌

武汉礼赞

这里，是死一般地沉静，

可是，这里含蓄着猛虎一般的热情；

这里，是真空一般地寂寞，

可是，在真空里，是蕴藏着白热的烈火；

这里，在过去，虽是一片荒凉的沙漠，

可是在不久将来，却要成为水草丰富的绿洲；

这里，在过去，虽像是破落了的王侯第宅的废墟，

可是，在不久将来，却要充满了新的生命的气息。

武汉！你，民族复兴的摇篮地呀！

你将是二十世纪的新的都城呀！

中华民族的生命，将在你的胸怀中展开了！

在你的天空中，民族的生命，在展开了他的翅膀，

在你的街衢中，民族战士的进行曲使万众的心合

　　而为一了。

艺术和科学的未来的中心呀！

民族抗战的大本营呀！

二十七年以前，你曾开过一次鲜花，

四万万五千万人，都在仰慕着你。

十几年以前，你又曾成为民族革命的摇篮，

四万万五千万人，又都在景慕着你。

后来你成为兄弟仇杀的修罗场[1]，

你成为了不毛的沙漠了。

可是，现在又到了你的复兴的时候。

---

[1] 修罗，"阿修罗"的略称。来自梵文，古印度神话故事中的一
种鬼神。因常与天神战斗，后世亦称战场为"修罗场"。

在那江汉之滨，

在那群山拱抱之中，

我看见了你，

在那如原始一般的大自然中，

我看见了你，

如醉酒的狮子一般地睡眠着。

我像是发现了一块处女地。

在你的里边，像有无限的新生的力量。

最后来的，也许会在最前的，

武汉，这也许就是你的未来的运命。

在你的都夜中，我看见了黎明，

东方的微明，已经破晓了！

武汉，我祝福你，

我祝福在你的里边将涌出民族的新生，

我祝福你将成为铁流的源地，

我祝福你，武汉，

你要成为东方的菲冷翠，

你要成为东方的巴黎，

你要成为东方的莫斯科，

我祝福你，武汉，

你，二十七年的德谟克拉西的摇篮，

你将要成为新的中国的中心，

新的德谟克拉西的铁工厂。

一九三七年十月二十三日，夜八时，武昌

205

诗歌记录者

我们要作真实的

谁是诗人？

是你？

是我？

谁都不是！

民族的战斗的行动

是一部伟大的诗篇，

我们只是

一个诗歌的记录者。

你们！

中州的诗歌记录者们!

你们!

岭南的诗歌记录者们!

你们!

武汉的诗歌记录者们!

你们!

齐鲁的诗歌记录者们!

拿起你们的朴素的笔,

把民族的伟大的诗篇,

记录下来罢!

在黄河北岸,

震响着杀敌的号角!

在珠江口,

吹动了抗战的军号!

黄浦江上，

在卷着怒潮，

关东原野，

正在咆哮！

中华民族——

伟大的诗人，

巨人般地，

站起来了。

"起来！"

"不愿作奴隶的人们！……"

你们听！

全民族在怒号！

你们听！

全民族在吼叫！

谁是诗人呢?

不是我!

也不是你!

民族的战斗的行动,

是一部伟大的诗篇,

我们是要作一个

真实的诗歌记录者!

一九三七年十一月五日,夜中,武昌

初踏进了牧歌的天地

在这荒莽的原始的天地中，

燃起了新的火焰。

无数的高峰，

无数的岗峦，

无数的瘴雨和蛮烟，

从老街到河口，

从河口到开远，

从开远又到了昆明的高原，

真是过了一山又一山。

在那万山中

有广阔的平原，

在那些高原里边，

散布着肥美的农田。

到处是牧歌情调，

散布在田野和山间。

空气中是牧歌，

田野中是牧歌，

山谷间是牧歌，

湖水里是牧歌，

牧歌的情调，

是充满了这原始的莽原。

云南——我的憧憬的国土！

我在梦里曾经憧憬着你！

从艾芜的小说中，

我曾经看见你的光与热，

我曾经听见你的山中的牧歌，

从聂耳的歌声中

从仲平的诗中，

我曾经看见你的奔放的热情，

你的古希腊一般的狂热的歌舞。

可是，那一种憧憬的世界，

今天，在我的眼前实现了。

经过了"童话的国土"——越南，

我又重踏上祖国的土地。

我的心，

是如何的欢喜呀！

从那个阿丽思的奇境中，

渡过了那一条小小的河，

从那一条木桥上，

又踏上祖国的土地，

在我的心里，

并没有从梦中初醒的幻灭！

在我的心里，

有新的兴奋，

有新的欲求，

有新的火。

一切的梦成为了真的了！

憧憬成为了现实！

山中充满了牧歌调，

而且充满了新的气息。

在火车中，

有两个商人，

高谈着我们的友邦——苏联。

那是那么令人兴奋呀！

在这个原始的处女地中，

使我们看见了

新的火焰

在生长着；

在这个原始的处女地中。

使我看见了

新的战歌

和原始的牧歌

融合在一起了。

一切的梦，

成为了现实！

云南——这个原生的处女地！

你有伟大的旋律！

一条蜿蜒的红色的河，

贯在万山中间，

作成了一条有力的动脉。

从万山中

到了你的广阔的平原里，

你的律动

是越发地长，

越发地有力。

我好象是到了中原，

到了我的故乡——山海关外。

你更使我想象着

那茫茫的西伯利亚。

可是，这里并不是那一片雪原，

这里是南国的广阔的天地！

而且，在这南国的广阔天地中，

原始的牧歌调，

和新的战歌，

混溶在一起。

而且，要永远结合在一起！

这里是原始的处女地

这里是新中国的摇篮！

这里就是中华民族的

抗战建国的一个坚固的后方堡垒！

云南——在你的牧歌的世界中，

我看见我们抗战建国的铁工厂！

在你的火炉里边，

我看见我们争自由解放的火焰

一天一天地，

扩大起来了！

在你猛烈的火焰中，

我看到新中国的光明。

我要同多少的民族的战士，

在你的铁工厂中

共同实践我们的新中国的创造。

一九三八年八月，昆明

七年的流亡

七年的流亡

使我走遍了

祖国的海岸线!

七年的流亡

使我从这一个边疆

走到那一个边疆!

使我从这一个蛮荒,

走到那一个蛮荒!

七年的流亡

使我深受了

祖国的命运的凄凉！

七年的流亡，

在荒凉的祖国里，

现在，

已经燃烧起来了

民族解放斗争的

灿烂的火光！

故乡，

现在，

在你的大野里，

那苍莽的野草，

已经快要枯黄。

在那凝了霜的白露里，

若是在往些年呀，

农夫们已经在

欢喜地瞅望着

那已经成熟了的

谷子、豆子和高粱。

现在呀！现在呀！

已经完全是两样！

现在呀！

那里已经是一片血腥的屠场！

可是，在那里，

七年前，放出了

民族解放的新的光芒！

那里呀，

成了全民族的榜样。

那里的那一点星火，

已经成为了烈焰，

烧遍了亚细亚的东方！

七年的流亡，

使我像一个吉卜西人一样，

像一个无钱的犹太人一样，

从祖国的东北角，

流浪到西南角！

从这一个边疆

到了那一个边疆！

从这一个蛮荒

到了那一个蛮荒！

可是，在这里，

同我的故乡一样，

这里有肥美的农田，

这里有秀丽的山野，

这里像故乡一样苍莽，

这里也像故乡一样荒凉，

这里的人，

也是同故乡的人一样！

在这万里的云南，

我见到了我的第二故乡！

可是，这里

也像我的故乡一样，

一点一点的星火，

也要燃成为巨大的光芒！

故乡，

现在已经冰冷了！

在白露凝霜的早晨，

母亲也许还在倚着门望着儿子，

一边在听着大树上乌鸦的叫喊；

也许夜里听着蟋蟀的声音，

母亲一边心里流着泪，

回忆着往事。

可是，母亲也许早已不在了！

家里的窗户，

也许在几年前，

早就没有窗户纸！

房子土地，听说是，

早就被没收了，

以后，就没有故乡的消息！

该没落的，

也许早就没落了！

六七年来，

故乡背起了全民族的十字架，

故乡传出来民族解放的新的福音。

故乡战斗起来了，

故乡统一起来了，

故乡成了全民族的伟大的教训！

故乡的号角，

已经成了全民族总动员的《马赛曲》；

故乡的烽火

现在已燃遍了中华的大地！

七年的流亡，

使我从流亡者的悲哀，

转成了一个盗火者的欢喜。

如同游吟诗人一样，

我在祖国的腹心里流浪着，

我的心，

好比一个托钵僧，

在苦难中，

感到了无限的欢喜！

祖国的民族解放斗争的火光，

灿烂地在全国中怒放了！

从这一个边疆

流浪到那一个边疆，

从这一个蛮荒

流浪到那一个蛮荒，

我的欢喜，

永远一天一天地在生长！

这里，这万里的云南，

也要同我的家乡一样，

星火也要放出巨大的光芒！

后来的也许在前吧！

这里的火花，也许更要红亮！

在这里，

新的战士不断地生长起来了！

在民族解放的不断的战斗中，

他们更要不断地生长！

故乡！

七年间，

你的火燃烧遍了全国了！

七年间，

你的教训，

造成了全民族的铁的力量！

在这个边疆里，

在这个蛮荒里，

大众也武装起来了！

故乡！我祝福你！

现在，

在祖国的大地上，

到处，

已燃烧起来了

新世纪的

灿烂的火光！

一九三八年九月二日，昆明

秋风里的悲愤

现在，

在秋风中，

你的坟头，

也许只剩了一团衰草；

现在，

已经没有人

敢到你的坟头

去凭吊；

现在，

说不定，

强盗已经把你的坟铲平；

现在，

也许那两年半以前的枯萎的花枝，

腐烂在泥土中，

任凭着秋雨

在淋浇。

在敌人的铁蹄的包围中，

鲁迅老人！

您是不是忧伤呢？

您是不是苦闷呢？

不！

鲁迅老人！

虽然现在离你有万里，

我总是想象着：

你在那里愤怒着，

你的愤怒的火，

在那里，

猛烈地，

燃烧！

在那个

成为旧中国的象征的

坟地中，

鲁迅老人，

你孤独地躺着，

我曾经孤独地

在那里徘徊地凭吊着，

我想象着：

你孤寂，

你愤怒！

可是，

现在，

在敌人的铁蹄的践踏当中，

鲁迅老人，

你是怎么样了呢？

你已经没有孤独，

只有愤怒了！

虽然现在离你有万里之远，

我总是想象着：

你在舞着拳头，

愤怒着！

你的愤怒的火，

一天比一天猛烈地

在燃烧！

鲁迅老人！

我想象到你，

总是想象到我们的新生的祖国！

鲁迅老人！

你确是我们新中国的象征！

如同我们的祖国一样，

你从苦难中生长出来，

你过了苦难的一生！

可是，

更不幸地，

在祖国的黎明的前夜，

你竟离开我们而长逝了！

而且，对于我们，

那是一个惊人的意外！

在我们最后的会见中，

你拿着新出的《海上述林》，

欢喜地给我们看。

我记得，在那时，

有伯奇[1]，

好象还有鹿地[2]。

你告诉我们说：

健康恢复了。

我问你：什么病？

你说：是二十年的肺结核。

我惊讶：你为什么不告诉人！

你说：只有抵抗，

说又有什么用！

可是，不到半个月，

---

① 伯奇,即郑伯奇(1895—1979),现代作家,创造社发起人之一。
② 鹿地,即日本友人鹿地亘。

你的凶耗就传来了。

虽然我在病中，

没有能参加你的葬礼，

可是，我在你的坟头，

很凄凉地，

真不知徘徊有多少次！

可是，在过去，

我曾想象过你的孤独，

而，现在，

我却是只想象着你的愤怒！

如同一粒麦种死在地下，

生出了无数的麦棵，

如同一颗炸弹，

爆裂成为无数的碎片，

鲁迅老人!

你的果实,

已经普遍了全中国了!

在你的抚育下,

全中国,

生出来无数的民族革命战士!

随着祖国的大时代的开展,

一天一天地

在生长,

在健强!

鲁迅老人!

随着你的愤怒的火

一天一天地

猛烈地

在燃烧,

你的欢喜的洪笑

也是一天一天地

猛烈地

在生长！

在游击队的攻袭声中，

在民族革命的号角声中，

在文化队伍的战斗声中，

鲁迅老人！

我想象，

你的英灵，

该是如何地兴奋呀！

可是，伟大的兴奋的日子

还在后头！

鲁迅不死！

鲁迅与我们同在!

在这个日子里,

全国中,

是说不出的悲伤!

在这个日子里,

全国中,

在鲁迅的教训之下,

也是说不出的狂愤!

等到把强盗打到鸭绿江外的日子,

我们要到那荒凉的坟前,

致民族革命的最高敬礼!

现在,

在那荒凉的坟头,

我想象着:

你在凶猛地愤怒着，

你要用你的愤怒的火

把我们的敌人

一个一个地

烧死！

一九三九年九月二十二日，昆明，官渡

赠朝鲜战友

在暴风雨中，

我听见了你的琴声激扬，

在黎明中，

我听见过你引吭高唱，

你怀着一颗火热的心，

你坚定着争取光明的意念，

朋友，

我好像看见

鸭绿江水在你心中动荡！

为东方民族的自由解放，

你在战斗着！

朋友，

我看见了你的姿容，

使我想到了我的冰天雪地的故乡。

我们的家乡是只隔着一道水呀，

如同现在我们只隔一道板墙。

大地是可爱的，

我爱我们的山林和原野，

都是何等可爱的土地呀。

同时我也想到

强盗用同一条锁链拴住了我们，

同时我也想到

在我们的故乡里，我们的战友们，

以一种铁的誓约，

在同一个战线上艰苦地战斗。

在哈拉巴岭上，

在松花江流域，

在鸭绿江边上，

在故乡的到处，

朝鲜和东北的战友们，

是共同地演出了很多的奇迹！

在白雪上洒着无数的战友的鲜血，

朋友，那血是伟大的！

朋友，

你的歌声，在暴雨的夜里，

使我想象到在热邦阿美利加的那个灯台守[1]！

可是我们祖国不是波兰呀！

我们也不是为别人守着灯塔呀！

我们在为光明战斗着！

我们的灯塔是我们的！

那是东方民族解放的伟大的灯塔！

那是人类解放的灯塔呀！

我们的探照灯照耀着我们的战斗的路，

我们的探照灯，是也要照破敌人的阴谋！

我们是一时都不敢懈怠呀！

东方各民族联合在一起，

共同守卫着我们的灯塔呀！

---

[1] 灯台守，是波兰作家显克微支小说《灯塔看守人》中描写的革命者，他流亡到美洲看守灯塔，十分尽职，一次因思念祖国，忘记点燃塔灯而被解雇。

我们的灯塔是伟大的!

朋友，

清晨中，

也看见你的无言的散步，

我像是看见了你的心中的苦闷和狂热，

我知道你的心中的风暴，

我也无言地想起我们的故乡，

那里的雪地上的血迹，

我也是在风暴中见到新的光明。

守卫着我们的灯塔罢!

东方民族解放的灯塔，

是要我们守卫的!

朋友，

我们要紧紧地握着手战斗呀!

在我们的岗位上,

东方各民族的战友们,

无言地或者是高歌地,

是要更热烈地握手的!

一九四〇年十月二十七日于桂林,施家园

给小母亲

离开了丈夫，

离开了孩子，

离开了你的"家"，

你可曾想过没有：

娜拉走后怎样？

热带的风光是美丽的，

有棕榈，

有椰子，

有碧绿的海水，

永久是夏天，永久是绿。

在辉煌的夕阳落下时，

两个无知的孩子，

在欢乐地游戏着，

在青草地上，

也许无言地在心里啜泣；

也许他们都不知道了，

有一个年青的母亲，

在海的这一边，

为他们在黑夜里流泪！

如同所有的母亲一样，

你是在苦难中生活着的！

现在祖国的母亲都在苦难中，

有的失掉了丈夫，

有的失掉了儿子，

有的望着残废的子女成了疯狂！

一切的母亲在苦难中，

苦难——

就是中国的母亲的形象！

清晨早，

望着西南的天边，

你低吟着……

你想象着什么呢？

是不是在海的那一边也有炸弹声，

在云彩的那一边也有血迹？

强盗的魔焰向南燃烧着，

那两个无知的孩子，

也许将来甚至都不会说祖国的话语！

清晨早，

望着山野的青草，

你在想着什么呢？

是想着为祖国的母亲的解放而战斗么？

是想着为儿女的解放而战斗么？

你低吟着，

是不是你看见了那两个无知的孩子

在火红的花丛中向着你微笑？

悲哀在你的心里，

就如同微笑浮露在你的脸上！

那就是一颗苦难的母亲的心！

你用苦业鞭打着自己，

你更艰苦地为母亲的解放而战斗罢！

只有民族解放母亲才能解放！

现在你是晓得了：

新中国的娜拉走出后应当怎样！

一九四〇年十月二十八日，桂林，施家园

月夜渡湘江

今夜我渡过了这琥珀色的湘江，

远望去是一片苍茫，

在雾影里飘动着往来的小舟，

在空气中浮荡着朦胧的月光。

月光照耀在水面上，

月光也照耀远近的田野和山岗；

它照耀着无数的农村和都市，

它也照耀着辽远的我的故乡。

在故乡是血和肉的搏斗呀，

多少地方都变成了修罗场，

正如同这湘江岸上的古旧的城池，

变成了血肉交织的瓦砾场一样。

在瓦砾中江水流转着，

好象是一滴血一滴泪在动荡，

祖国的过去和未来，

也一滴血一滴泪流动在我的心上。

在我的心里是充满着各种的回忆呀，

如同古老的传说充满着这古老的湘江。

湘江的水今天是阴郁而美丽的，

月色朦胧中使我感到无限的兴奋和惆怅。

随着江水我的心奔驰着，

我看见无数的苦难的田野和村庄，

从长白山一直到大庾岭上，

我好象听见血腥的风在飘扬。

随着江水我的心在驰想着，

这湘江上曾经作过多少次革命战场！

可是这个负载着民族光荣和耻辱的土地呀！

今日在苦难中又发出新时代的火光。

民族革命战争的火焰燃烧着，

从鸭绿江一直到澜沧江上；

从帕米尔高原到东海滨，

多少人为祖国的自由解放在武装。

湘江，在他的古老的姿态中，

也给我们呈露出他的英勇的形象，

今天他是忧郁而美丽的，

月色朦胧中，他好象是松花江一样。

如同在松花江上一样，

我看见多少的火把在高张。

在废墟中是蕴藏着多少复仇的种子，

湘江今天在他的战斗中生长！

今天我渡过了这琥珀色的湘江，

湘江原野上是一片苍茫，

（多少苦难的回忆在我的心上萦回着，）

我战栗地憧憬着他的未来的荣光。

一九四〇年十一月十四日，夜，坪石

随笔·诗话

我的文艺生活

我的已往的文艺生活，完全是一场幻灭。我本是一想学数学的青年，是因为要学数学所以才到了日本；但是在1918年到日本之后，因为时代的要求，及个人的目力关系，所以就转到文学的途上来。但我所走上的那文学的旅途，是完全错误了。

到日本后，即被捉入浪漫主义的空气了。但自己究竟不甘，并且也不能，在浪漫主义里讨生活。我于是盲目地，不顾社会地，步着法国文学的潮流往前走，结果，到了象征圈里了。

Anatole France① 的嗜读，象征派诗的爱好，这是我在日本时的两个时代。就是在象征派诗歌的气氛包围中，我作了我那本《旅心》。那是 1925 年前后。当时对于社会概没注意过。所以，在 1926 年回国后，还是不要脸地在那里高蹈。我回到北京，亦是想要古典的缘故。

然而北京生活是大失所望了。我完全在沉态中住了两年。这对于我，也许是好，也许是坏。在北京，我却认出布尔乔亚生活的破绽。然而是太晚了！所以，我离了那一个死的故都，走到深林大野的吉林来了。

我已经是看不起作翻译的。我是迷信文人要天才。啊！这是何等愚蠢，这是何等可笑啊！实在，我已往就未认时代。我太把东西看成死了。可是我现在认出了一切的错误。

诗我是再也不作了，因为那种诗，无论形式的怎么好，是如何的有音乐性，有艺术性，在这个时代，结果，不过把青年的光阴给浪费些。实在，已往，中国太多精神浪费的事了。

---

① 阿纳托尔·法朗士，法国浪漫主义作家。

现在我认定我们就是一个桥梁。只要我们能把青年渡过去，作什么都要紧。翻译或者强过创作。教书匠都许是要紧的。以后我就要作桥。

（原载《大众文艺》第 2 卷第 5、6 期合刊，1930 年 6 月 1 日）

谭诗

——寄沫若的一封信

沫若：

"昨天晚上看见很好的 Scene，[①] 在日比谷，[②] 月光中。"乃超突地向我说，在我推开他的七号室门，当我一日午后到青年会的时候。那时，他还未想起来，因为他是一诗人罢?

他随即给我看他的还未草就的《Pierrot》[③]——因为我抢，他不给不成——但，对不起他，我并未想读，因为我的空想完全跑在月光的身上。

———————————

[①] 景色。

[②] 东京一公园。

[③] 《丑角》。这首诗冯乃超同志未能完成。

我忽地想作一个月光曲，用一种印象的写法，表现月光的运动与心的交响乐。我想表现漫漫射在空间的月光波的振动，与草原林木水沟农田房屋的浮动的称和，及水声风声的响动的振漾和在轻轻的纱云中的月的运动的律的幻影。我不禁向乃超说："若是用月光，月光，月光，月光，月光……四叠五叠的月光的交振的缓调，表现云面上月的运动，作一首月光的诗如何？我以为如能成功，这种写法或好。"

　　给我这种的暗示，或者是拉佛格（Julos Laforgue，1860—1887）。我在前一个礼拜的时候，曾经读了他的《冬天来了》（*Lhiver qui Vient*）。在 Ed. Van Bcver Paul Leauteaud 的《今日的诗人》（*Les poètes d Aujourd'hui*）中（拉佛格全集 2 册）偶然深爱：

　　　　Les cors, les cors, les cors—Mélaneoliques...

　　　　Mélaneolique!...

　　　　S'en vont changeant de ton,

　　　　Changeant de ton ct de musique,

　　　　Ton ton, ton taine, ton ton !...

Les cors! les cors, les cors !...

S'en sont allés au vent du Nord.

以前我时常想读拉佛格的诗，大概因为是念不懂，所以未得念。前读此首，如获至宝，此或给我暗示，亦未可知。

我同乃超谈到诗论的上边，谈到国内的诗坛的上边，谈些个我们主张的民族彩色，谈些个我深吸的异国薰香，谈些个腐水朽城，Decadent[①] 的情调，我们的意见大概略同。他又让我看他新作的《沉落的古伽蓝》，那是从法国及路马路西格斯的告别音乐会演奏的得必西（Debussy）[②] 的 La Cathédrale engloutie 中得的印象。我对于他的那首诗的印象音调——三部曲，第三曲尚未完成，在我看的时候——非常爱，我以为堪有纯粹诗歌（la Poesle Pure）的价值。

我们的要求是"纯粹诗歌"。我们的要求是诗与散文的纯粹的分界。我们的要求是"诗的世界"。乃超让我把

① 颓废的。
② 即德彪西，法国印象派作曲家。

我的诗的意见写出，我以为太平凡：但回来想想，或似有写出的必要。因略略想谈出一些。

乃超想废学回国，开一座"咖啡"，我不知能否实现？

其实，我何尝能谈诗，我何尝有谈诗的资格。我与诗发生关系，若不多算不过一年。在前年（1924年）的6月以前，我完全住在散文的世界里。因为我非常爱维尼（Alfred de Vigny）的思想，而且因我似有点苦闷，在前年的夏期休假中，纤丽优美的伊东海岸上，我胡乱地读了那位"象牙塔"中的预言者的诗集。自今想起来读《投到海上的浮瓶》（*La Bouteille laMer*），在蜘蛛渊畔还望野犬徘徊在河边幽径上，甚为有味。但那时究竟是我的ABC。实在我的诗的改宗，自去年2月算一个起头，以前，虽作了三二，究是尝试中之尝试。

去年4月伯奇自京都来东京，和我们谈了些诗的杂话。伯奇于3月在京都帝大卒业，我曾寄他一本毛利雅斯（Jean Moeras，1856—1910）的《绝句集》（*Les Stances*），他非常爱好它，记得他说毛利雅斯的绝句如水晶珠滚滚在白玉盘上。他来的那时，我正嗜谈沙曼

（Albert Samain，1859—1900）。那时我同他提起诗的统一性（unite）的问题，但对于诗还是没有什么深的意识。从那时到现在我积了些杂碎的感想。

以上是我谈诗的动机与诗的生活的经过。往下杂乱闲谈我的感想。

诗的统一性。我的主张，一首诗是表一个思想。一首诗的内容，是表现一个思想的内容。中国现在的新诗，真是东鳞西爪：好像中国人不知道诗文有统一性之必要，而无 unite[1] 为诗之大忌。第一诗段的思想是第一诗段的思想，第二诗段是第二诗段的思想。甚至一句一个思想，一字一个思想，思想真可称未尝不多。（这真如中国的政治一样！）在我想，作诗应如证几何一样。如几何有一个有统一性的题，有一个有统一性的证法，诗亦应有一个有统一性的题，而有一个有统一性的作法。例如，维尼的诗《摩西》（Moise），他那种"天才孤独"的思想是何等统一，他那种写法是何等的统一。如同鲍欧（Poe）的《乌鸦》（The

---

① 凝聚于一点，统一，一致。

Raven）也可作一个适例。如读毛利雅斯的《绝句集》，甚可感全诗集有一个统一性。勿论是由于Fantaisie① 产出来的诗，是由宗教心产出来的诗，都是得有统一的。因为诗是在先验的世界里，绝不是杂乱无章，没有形式的，如同杜牧之的那首象征的印象的彩色的名诗：

　　烟笼寒水月笼沙

　　夜泊秦淮近酒家

　　商女不知亡国恨

　　隔江犹唱后庭花

是何等的秩序井然，是何等统一的内容，是何等统一的写法，由朦胧转入清楚，由清楚又转入朦胧。他官能感觉的顺序，他的感情激荡的顺序：一切的音色律动都是成一种持续的曲线的。里头虽有说不尽的思想，但里头不知哪里人总觉是有一个思想。我以为这是一个思想的深化，到其

---

① 幻想。

升华的状态，才能结晶出这个。但你如读杜牧之的"折戟沉沙……"的诗，你觉不觉出它的上二句是一个统一的东西，下二句又是一个，上二句与下二句如用胶水硬贴到一同似的，总感不出统一来。要求诗的统一性，得用一种沙金的工夫。

与诗的统一性相关联的是诗的持续性。一个有统一性的诗，是一个统一性的心情的反映，是内生活的真实的象征。心情的流动的内生活是动转的，而它们的流动动转是有秩序的，是有持续的，所以它们的象征也应有持续的。一首诗是一个先验状态的持续的律动。读一首好的诗，自己的生命随着它的持续的流流动，读一首坏的诗，无统一的诗，觉着不知道怎办好，好如看见自动车跑来一样——这是一般都能觉出来的罢。若是读拉马丁（Lamartine）的《湖水》（Le Lac）是不是感得出什么东西——时间？运命？——在意识中流转，不停地持续地流转。持续是不断的，一首诗就怕断弦。杜牧之的"折戟沉沙……"的毛病，就是续弦的缘故。勿论律动是如何的松，如何的弛缓，如何的轻软，好的诗永是持续的。诗里可以有沉默，不可

266

是截断：因为沉默是律的持续的一形式。你如漫步顺小小的川流，细听水声，水声纵使有时沉默，但水声不是没了，如果水声是没了，是断了，你得更新听新的水声了。中国现在的诗是平面的，是不动的，不是持续的。我要求立体的，运动的，有空间的音乐的曲线。我们要表现我们心的反映的月光的针波的流动，水面上的烟网的浮飘，万有的声，万有的动！一切动的持续的波的交响乐。持续性是诗的不可不有的最重要的要素呀！

以上可以说是我的诗之物理学的总观。总起来可以说我们要求的诗是——在形式方面上说——一个有统一性有持续性的时空间的律动。

我们要求的诗是数学的而又音乐的东西。

诗的内容是得与形式一致：这是不用说的。实在说，内容与形式是不可分开的。雄壮的内容得用雄壮的形式——律——去表。清淡的内容得用清淡的形式——律——去表。思想与表思想的音声不一致是绝对的失败。暴风的诗得像暴风声，细雨的诗得作细雨调。诗的律动的变化得与要表的思想的内容的变化一致。这是最要紧的。

现在是新诗流行的时代，一般人醉心自由诗（Verslibres），这个犹太人发明的东西固然好；但我们得知因为有了自由句，五言的，七言的诗调就不中用了不成？七绝至少有七绝的形式的价值，有为诗之形式之一而永久存在的生命。因为确有七绝能表的，而词不能表的，而自由诗不能表的。自由诗里许有七绝诗的地位罢？记得在京都时同伯奇由石山顺濑田川奔南乡时，大家以为当地景致用绝句表为最妙。因为自由诗有自由诗的表现技能，七绝有七绝的表现技能，有的东西非用它表不可。譬如黑雷地亚（José Maria de Hérédia）的诗形似非十四行（Sonnet）不可似的。我们对诗的形式力求复杂，样式越多越好，那么，我们的诗坛将来会有丰富的收获。我们要保存旧的形式，让它为形式之一，我们也要求散文诗。

中国一般人对散文诗，是不是有了误解我不知道。我自己懂散文诗不懂，我也不敢说。在我自己想，散文诗是自由句最散漫的形式。虽然散文诗有时不一句一句的分开——我怕它分不开才不分——它仍是一种自由诗罢？所以要写成散文的关系，因为旋律不容一句一句分开，因旋律的关系，只得写作散文的形式。但是它的诗的旋律是不能抹杀的，不是用散文表诗的内容，是诗的内容得用那种旋律才能表的。读马拉梅（Stéphane Mallarmé）的《烟管》（*La Pipe*），它的调子总是诗的律动。散文诗是旋律形式的一种，如可罗迭儿（Claudel）的节句（Verset）为旋律的形式之一种一样。我认为散文诗不是散文，Poémeen prose[①]不是 Prose，[②]散文诗是旋律形式之一种，是合乎一种内容的诗的表现形式。

中国人现在作诗，非常粗糙，这也是我痛恨的一点。我喜欢 Délicatesse。[③]我喜欢用烟丝，用铜丝织的诗。诗要兼造形与音乐之美。在人们神经上振动的可见而不可见、可感而不可感的旋律的波，浓雾中若听见若听不见的远远的声音，夕暮里若飘动若不动的淡淡的光线，若讲出若讲不出的情肠，才是诗的世界。我要深汲到最纤纤的潜在意识，听最深邃的最远的不死的而永远死的音乐。诗的内生

---

① 散文诗。

② 散文。

③ 细腻。

命的反射，一般人找不着不可知的远的世界，深的大的最高生命。我们要求的是纯粹诗歌（the Pure Poetry），我们要住的是诗的世界，我们要求诗与散文的清楚的分界。我们要求纯粹的诗的感兴（Inspiration）。

诗的世界是潜在意识的世界。诗是要有大的暗示能。诗的世界固在平常的生活中，但在平常生活的深处。诗是要暗示出人的内生命的深秘。诗是要暗示的，诗最忌说明的。说明是散文的世界里的东西。诗的背后要有大的哲学，但诗不能说明哲学。杜牧之的《夜泊秦淮》里却暗示出无限的形而上学的感——因其背后有大的哲学——但它绝不是说明为形而上学的感。如同法国的高蹈派诗人 Sully Prudhomme 的哲学诗，我实不敢赞叹，但你如读拉马丁、维尼以及象征运动以后的诗，你总觉有无限的世界在环绕你的周围，用有限的律动的字句启示出无限的世界是诗的本能，诗不像化学的 $H_2+O=H_2O$ 那样的明白的，诗越不明白越好。明白是概念的世界，诗是最忌概念的。诗得有一种 Magical Power。[①]

---

① 魔力。

中国的新诗的运动，我以为胡适是最大的罪人。胡适说：作诗须得如作文。那是他的大错。所以他的影响给中国造成一种 Prose in verse[①] 一派的东西。他给散文的思想穿上了韵文的衣裳。结果产出了如

红的花

黄的花

多么好看呀

怪可爱的

一类的不伦不类的东西。昨天乃超说某君出版之诗集中有"不嫖不赌"一类妙句。胡适说他因读 Browning 才案出了自由句——其实那位犹太人 G. Kahn 的发明在 30 年前——他确把 Browning 的说明的彩色学来了。如说明的东西可为诗，法律政治物理化学天文地理的记录都是诗了。诗不是说明的，诗是得表现的。

———————————

① 像诗一样分行写的散文。

同乃超谈起李杜时，我说就时代上说，放在时代里，杜甫是在李白以上的大诗人。如同在法国的浪漫的时代里看嚣俄①（Victor Hugo）是在维尼以上的大诗人。但是就诗人的素质（Temperament）上说，李白是大的诗人，杜甫差多了；李白的世界是诗的世界，杜甫的世界是散文的世界。李白飞翔在天堂，杜甫则涉足于人海。读李白的诗，即总觉到处是诗，是诗的世界，有一种纯粹诗歌的感，而读杜诗，则总离不开散文，人的世界。如同在对于诗的意识良心上说，嚣俄的诗的情感不如维尼远了。在我的思想，把纯粹的表现的世界给了诗歌作领域，人的生活则让散文担任。（近读了《Bernard Fay Panorama de Littératura Contemporaine》②是一部很好的概观的现代法国文学的书，得暗示不少，希望能与法国文学有缘者，读它一下）我们要把诗歌引到最高的领域里去。

或者你要问我说："你主张国民文学——国民诗歌——你又主张纯粹诗歌，岂不是矛盾么？"啊！不然。国民的

_____

① 即雨果。

② 书名，《现代文学概况》。

生命与个人的生命不作交响（Correspondance），两者都不能存在，而作交响时，二者都存在。毛理斯（Maurice Barrés）把美的（Beau）与画的（Pittoresque）分开（参照 Colette Baudoche），我们要表现的是美的，不是画的。故园的荒丘我们要表现它，因为它是美的，因为它与我们作了交响（Correspondance），故才是美的。因为故园的荒丘的振律，振振的在我们的神经上，启示我们新的世界；但灵魂不与它交响的人们感不出它的美来。国民文学是交响的一种形式。人们不达到内生命的最深的领域没有国民意识。对于浅薄的人国民文学的字样不适用。国民的历史能为我们暗示最大的世界，先验的世界，引我们到 Nostalgia^① 的故乡里去。如此想，国民文学的诗，是最诗的诗也未可知。我要表现我们北国的雪的平原，乃超很憧憬他的南国的光的情调，因我们的灵魂的 Correspondance 不同罢？我们很想作表现败墟的诗歌——那是异国的薰香，同时又是自我的反映——要给中国人启示无限的世界。腐水废船，我们爱它；看不见的死

---

① 怀古。

了的先年（Antan Mort），我们要化成了活的过去（Passé vivant）。我要抹杀唐代以后的东西，乃超要进，还要古的时代——先汉？先秦？听我们的心声，听我们故国的钟声，听先验的国里的音乐。关上园门，回到自己的故乡里。国民文学的诗歌——在表现意义范围内——是与纯粹诗歌绝不矛盾。

关于诗的韵（Rime），我主张越复杂越好。我试试在句之中押韵，自以为很有趣。总之韵在句尾以外得找多少地方去押，不押韵的诗也有好处。韵以外，我对"句读"有一点意见。我主张句读在诗上废止。句读究竟是人工的东西。对于旋律上句读却有害，句读把诗的律，诗的思想限狭小了。诗是流动的律的先验的东西，决不容别个东西打搅。把句读废了，诗的朦胧性愈大，而暗示性因越大。

最末，我要总一句说，我们如果想找诗，我们思想时，得当诗去思想（Penser en poésie, to think in Poetry）。波得雷路（Bandelaire）的毛病在先作成散文诗，然后再译成有律的译文。先当散文去思想，然后译成韵文，我以为是诗道之大忌。我得以诗去思想 Penser en Poesie。我希望中国作诗的青年，得先找一种诗的思维术，一个诗的逻辑学。作诗的人，找诗的思想时，得用诗的思想方法。直接用诗的思考法去思想，直接用诗的旋律的文字写出来：这是直接作诗的方法。因为是用诗的逻辑想出来的文句，所以他的Syntaxe① 得是很自由的超越形式文法的组织法。换一句说，诗有诗的 Grammaire②，绝不能用散文的文法规则去拘泥它。诗句的组织法得就思想的形式无限的变化。诗的章句构成法得流动，活软，超于散文的组织法，用诗的思考法去想，用诗的文章构成法去表现，这是我的结论。我们最要是 Penser en Poesie③。

以上是我的对诗近来的杂感，断片地写出，你的意见如何？

近好。

1926 年 1 月 4 日中野　木天

（原载《创造月刊》第 1 卷第 1 期，1926 年 3 月 16 日）

———————

① 句法。

② 文法。

③ 以诗去思想。

我的诗歌创作之回忆

——诗集《流亡者之歌》代序

一

"九·一八"已经过两年多了。我同东北作了最后的诀别，已经快到三年了。而在这同故乡作了诀别的长时间之后，我把我过去的诗作，集拢起来，编成了这部《流亡者之歌》。我，在这时，心里真是有无限的悲哀，无限的酸痛在萦绕着呢。这三两年来，我的故乡的情形，是怎么样了？

倒也从东北来了些朋友，告诉了我一些那边的消息。有的说："满洲国"的基础已经巩固了，义勇军不久快要被"肃清"了。有的人说：在东北大野中，正流着"铁之洪流"，农村的毁灭已到极点，新的生活在到处展开着，动乱是要一天比一天多，随着压迫苦难之一天一天的增加，而反抗也是一天一天地愈趋猛烈的。虽然说法不同，但我心中总像是有几条利刃在挖扎着似的。有时甚至把我刺激得麻木，连一句话都说不出来。总而言之，统而言之，东北的民众，是天天在那里遭屠杀。飞机天天掷炸弹在他们头上，大炮天天向着他们轰击。像"一·二八"那样的大屠杀，在东北是整整地干了两三年了。那么，我的诗人的心又该怎样了？

自从《旅心》之后，外界的各种条件，使我没有唱歌的余裕。但，自从同东北作了永诀之后，唱哀歌以吊故国的情绪是时时地涌上我的心头。也许是因为找不到适当的形式的缘故，也许是东北的现实的样子，变幻得太出人意料的缘故，我时时压住我的悲哀使他不发泄出来。我总觉着"流亡者"是不应当哭丧脸似的。能想办法就想办法，不能也应当有一点 stoiquo① 的精神。何必哀歌地作"亡国之音"呢？因之，把好多诗情压制住了。

① 法文，此处可译作"克制"的意思。

然而，在压制之中，情感终会跳溅出来。所以，偶尔，也制作了一两首诗。然而，因为管理加严的缘故，所以最近的这少量生产之中，到比较客观性多了一些。也不像《旅心》时代那样容易地哭丧脸似的了。我总是热望着，像杜甫反映了唐代的社会生活似的，把东北这几年来的民间的艰难困苦的情形，在诗里，高唱出来。由现在起自己勉励起来。所以从要离开故乡以至于现在的虽止于十首的诗作，也想集起来问世了。或有人依据着这几篇东西给我一个好的指示。

　　近三年来作的这几首诗，是反映着我的"流亡者"的心情的，因名之为《去国集》。旧日的《旅心》则仍名之为《旅心集》。同时，把未收入该集中的同时代的诗作也集入其内。《旅心集》虽没有同现在不同的情绪，但是那种地主阶级的没落的悲哀，亦是隐含着亡国之泪。如果用透视的显微镜去看，那里是不是也暗伏着"流亡者"之心情？在那种农村没落之凭吊里，是不是也暗伏着帝国主义经济的压迫呢？虽然是代表着两个时期，有他们的不同点在，但，因为反映着一种有机的持续，而且，都是帝国主义压迫下的血泪的产物，所以，总名之为《流亡者之歌》。

二

虽然在 1923 年就跃跃欲动地想作诗，而我能多量地产生诗歌，则在 1925 年。1925 年，乃超从京都转学东京，使我在学校里，多了一位作诗的朋友。于是到咖啡店里去的次数似乎比较地多了。关于创作的兴趣也一点一点地浓厚了。《旅心》中的大部分的作品，是 1925 年作的。

虽然，诗的大部分是 1925 年写成的，而，其中的诗感则是 1924 年暑假期间在伊东的那两个月的生活所培养成了的。那两个月的海滨的生活，给了我不少的兴奋和刺激，而那种兴奋和刺激直造成了我的那些诗歌。那一个近于原始的农村，那一道海湾，那些山，那些水，那些人家，而特别地是那一个肥胖的少女，直是给了我深刻的印象，尖锐的刺激，而使我永远地不能忘怀的哟。我追求她，她不理我。以后到了我发现我的旅伴 S 君和那位少女成为知己，天天出去漫步的时候，我真是忍无可忍了。我没有别的，我只有沉痛地唱吟我的哀歌。那一次失恋，使我认真地感到了自己的没落和身世凄凉了。

本来，我到伊东海岸去避暑，是S君拉我去的。1923和1924年，是我一生最不幸的年头。封建势力极其巧妙地来包围我，节节地向我进攻。我向来所抱的理想幻灭了，感到了人生之无出路。有时，甚至想自杀以解脱自己。S君是我的一个最好的朋友，那是我至死都不能否认的哟，叫我到伊东海岸上休息一下，转换转换精神。可是，伊东的数月生活，更是使我苦上加苦，愁上加愁，而至于直感到自己的必然的无出路，决定的没落来了。

S君，薄暮中，总是同那位少女慢慢地散步的。在林中，在其间的道上，在河边，在桥头，在山谷中，在田地里，他们慢慢地走着。那位肥胖的少女是特别地具有着一副清脆的声音。在暮色朦胧中，她是轻快地，断断续续地，唱着她的歌曲。晚风，软软地，不绝如缕地，把她的歌声吹送到各处。她那种歌声，则是我所憧憬的对象，我的心向的所在了。每天晚上，我是一个人独自地追逐着她的歌声。我不愿意离得它太远，也不愿意离得它太近。我更不愿意同他们俩一同散步。我就是愿意一个人不即不离地追逐着她的歌声。有时，就是她没有在唱歌，我也觉得像在什么地方有她的声音在荡动着似的。那里寄托着我的悲哀。同时，那种追逐成了我的每日的享乐了。

然而，也终有忍不住的一天的。是什么原因，我记不得了。那天，在夜里，我在楼下温泉里洗了一个澡。时间，大概还不过一二点钟。随后穿上我的那件大学生制服，我就跑出去了，跑到海滨，望着远远的渔火，听着微风吹来的声动，顺着平滑的沙路，顺着太阳要出来的那方向走了下去。爬山越岭，经过了网代到了曾经游过的热海。然而，到了热海，旅途上的疲倦，以及别无它处可去的直感，使我不得不转回头来。于是乘着晚班的火轮船又折回了伊东。到了寓所，房东的老太婆和那位肥胖的小姐以及 S 诸人告诉我说日间找了我好久，山巅水涯都找遍了，以为我是自杀了。我只是笑了一笑。《我愿……》那首诗，就是那天海滨上所得到的印象。

伊东之两个多月，使我感到没落，感到深的悲哀，使我感受了哀歌的素材。同时，在伊东，我读了诗人维尼（Alfred de Vigny）的诗集。那两月间，好像是决定了我的作诗人的运命了似的。

三

我为什么怀到了很多的理想，为什么感到那么深的悲哀呢？伊东的两月间，只是一个引子，只是使我痛感到我的没落罢了。原因，自然是要从我的全部生活去说明的。我是没落的地主的儿子哟。

在我的祖父的时代，我的家庭是我们的县里的数一数二的人家，良田百顷，还开着好多的店铺，是素以"占山户"自豪的。然而，生意破产了，因之，家也析居开了。据祖母说："是因为开烧锅烧坏了"。在我的父亲的那一代人，除了我的父亲之外，是没有一个不抽大烟，不赌大钱的。我们这一支，我父亲是一个独生子，破产的时候，尚年幼，幸赖着祖母的经营和亲友的助力，所以还余得几顷祖遗的田产，得以温饱。但是，没落的家庭总是希望中兴的，总是不忘过去的黄金时代的。我是长孙，于是，祖母就把一切的希望放在我的身上了。她老人家常指着我说："这个孩子天分还不坏，人说我们家里坟上有贵人牵马，主出一个翰林，大概就该是在这个孩子身上了。"接着，她又叹息着说："就怕他的祖宗无德，他的 × 伯父中了府案就得了病，死了。"家里请先生叫我读书，我，虽小，也是自命非凡似的。一个人就着塾师读着书。但是，眼睛每天所看见的，就是我们所住的久不修理的破烂烂的大房子，和满园蓬蒿的大院子。我只知道安分读书，就是莫名其妙地知道读书好。可是我是没看到什么有生命的东西。

我的没落的家庭突然间像是起了变化似的。那是在光绪三十二年之后。那是我上学读书的第二年，日俄战争之后，大家都到大连湾去作豆商，于是，我的父亲也被拉着到大连湾去作"老客"去了，日本的资本主义之发达，大连湾之繁荣，也使我们的家庭获得了不少的利益，沾到了不少的光荣。于是，久年闭锁的油房也重开了。院墙也重新修理了。许多的房子也翻新了。好多铺房也租给人住了。昔日荒芜满目的大院子也天天有好多人运粮运草，有好多车辆出入了。家中生活好像是宽裕了好多。而正在这种情形之下，我入了中学。

由吉林中学转入了南开，那是我的 16 岁的时候。在南开快卒业时，国文先生叫我升学入文科，而理科先生叫我入理工科。在"五四"的前夜，胡适也曾在南开作过"新国家与新文学"的讲演，《新青年》也在我们的学校内相当地流行，可是文学终未有给我过度的引力。实在，我是把文学看做雕虫小技了。我对于理科是具有相当的才能的，而特别地是对于数学我具有天才。高小的数学，是我在私塾自己悟会的。在南开时，在数学的领域上，我确是出过风头，使同学们为之骇异。在那"五四"的前夜，中国，借着欧战方酣，帝国主义无暇光顾次殖民地，而风起云涌地，发达起了自己的资本主义。于是，产生出来新兴的工业布尔乔亚氾，同封建的集团作起了决死的斗争。在这种新文化的潮流中，大部分头脑好的青年都狂风怒涛般地要投身于工业界里。新的青年，大部分地，不是要作实业家，就是想作工程师。于是，自然地，我也要作这个资产阶级的幻梦了。我就是抱着这种幻梦到了日本。

十个月的准备，容容易易地考入了东京第一高等，我的志望，是不学化学，即学数学。但是，不幸地，我的眼睛使我不能制机械图。这怎么办呢？我的眼睛不许可发展我的天才了！于是，只得改行换业了。学商呢？我当时又憎恶商人，说那是"奸商利徒"。学政治法律呢？我又最憎恶做官。而正在这时，"五四"的文学运动的怒潮袭到我的心头上来了。当时更认识一位名物：田寿昌。那或者给了我一点影响都不定。因之，觉得干文学也是一条出路，虽非己之所长，也就不得不转入这一途了。

当时，对于新的自由诗虽表示拥护，但是，最关心的，则是布尔乔亚的新样式（Genre）：小说。记得有一次我发过誓，此生只写小说，不写别的。但终没有写过一篇布尔乔亚的小说。"创造社"成立，我虽被加入为发起人之一，可是，在《季刊》上，只写了一篇散文诗：《复活日》。那是模仿王尔德（Oscar Wilde）的。1920年遭了父丧，家境渐趋零乱。同时，日本资本主义在欧战后已到熟烂期。在这个时期，我也没有了1918年前后那样的斗争情绪了。于是从阳气变成忧郁的。由冲击的变成回顾的。京都的三年生活，只是看到伽蓝。这时，在我的意识中，布尔乔亚的成分渐渐变为小布尔乔亚的成分了。一方面回顾着崩溃的农村，一方面追求着刹那的官感的享乐，蔷薇美酒的陶醉。于是就到在我久已憧憬着的东京了。

四

东京，在我进大学的那年夏天，发生了大地震。在十月间，由故乡吉林回到了东京，东京只剩下一片灰烬了。残垣破瓦，触目凄凄。可是，在当时我的眼睛中，反觉得那是千载不遇的美景。就是从那种颓废破烂的遗骸中出去，到了伊东。而从伊东归来后，也是在那种零乱的废墟中，攻读着我的诗歌。我记得那时候，我耽读古尔孟（Re-my de Gourmont），莎曼（Samain），鲁丹巴哈（Rodenbach），万·列尔贝尔克（Charles Van Lerberghe），魏尔林（Paul Verlaine），莫里亚斯（Moreas），梅特林（M.Maeterl-inck），魏尔哈林（Verhaeren），路易（Pienre Louys），波多莱尔（Baudelaire）诸家的诗作。我热烈地爱好着那些象征派，颓废派的诗人。当时最不欢喜布尔乔亚的革命诗人雨果（Hugo）的诗歌的。特别地令我喜欢的则是莎曼和鲁丹巴哈了。从这里也可以看出来我那种颓废的情绪吧。我寻找着我的表现的形式。在飞鸟山公园里，暮色迷茫之下，俯瞰着王子驿，不由地，我想起来那首诗，一首是：《我愿作一点小小的微光》，一首是《泪滴》。然而，终不能把我的感情尽量地表现出来。

1924年冬，因事，又去回到吉林住了几天。故乡的冬景，特别地，引起我的憧憬。而那年，雪是特别地大。大雪之后，山上，路上，人家的房上，封了冰的松花江上，特别的皑白，令人爱赏，令人凭吊。这种风景，特别地，在江岸上的天主堂里钟声一响时，直是引起人的感慨无量了。在那种氛围气中，我作了《江雪》。翌年春正月，到了北京一次，凤举，启明诸兄把《泪滴》和《我愿作一点小小的微光》两篇，在《语丝》上给发表出来。他们更给我吹进了好多勇气。于是，在我折回了东京之后，诗就陆续不绝地产生出来了。不忍池畔，上野驿前，神田的夜市中，赤门的并木道上，井头公园中，武藏野的道上，都是时时有我的彷徨的脚印。而在那种封建色彩的空气中，我默默地低吟出我那些诗歌。

在细雨中，在薄雾中，在夕暮的钟声中，在暗夜的灯光中，寂寞地，孤独地，吐出来我的悲哀。昼间，则去茶店喝咖啡，吸纸烟。每天，更读二十分钟的诗歌，找一两篇心爱的作品，细细玩赏。在这种印象的，唯美的空气中，我直住到 1925 年的冬季，而以后我则住不下去了。

为小资产阶级化了的没落地主的我，一边追求印象的唯美的陶醉，而他方，则在心中对于祖国的过去有了深切的怀恋。同伯奇论过"国民文学"，想要复活起来祖国的过去，可是启明一再地予我以打击，于是，在无有同情者援助之条件下，默默地，把自己的主张放弃了。现在回想起来，当时的情绪，则是传统主义的了。这种传统主义的情绪，最初的表现是《江雪》。其后，如《野庙》《北山坡上》《苏武》《薄暮的乡村》《心响》《薄光》等作，都是多少具有这种传统主义的气氛的。而就是在《不要看十字街头象牙的殿堂》那首诗中，也是深深地残留着传统主义的成分的。

东京的生活，实在，令我再忍受不下去了。我，那时，略略地，读着拉佛尔格（Jules Laforgue）希图得着安慰，得着归宿。可是，怎么样呢？我成为德娄尔莫（Jorephe Delorme）一流的人物了。我失眠，我看见什么东西都是黄的。我非常地爱读圣伯符（Sainte Beuve）的诗歌。他的《黄光》（*Ie Rayon jaune*）影响出来我的《薄光》。

那年之末，印象主义被发展到极端，成为了"苍白的钟声"和"朝之埠头"。而同时我的悲哀，我的失眠，以致于使带三分狂气，在《鸡鸣声》那首诗（形式，当然是独清的《从咖啡店出来》那首诗暗示给我的）中，是反映出来我是如何地狂乱了。在《猩红的灰黯里》，我不是既歌唱出来那"吮不尽了，猩红境中，干泪的酒杯，尝不出了，灰黯里，无言的悲哀"了么？《鸡鸣声》之后是再也写不出什么诗来了。东京的生活是叫我再也忍受不下去了。

到了广州，到了北平，一切都是空虚的。以后，再不能多量地生产了。广州只产生《弦上》等三首。北京只产生了《薄暮小曲》等两首。而其中似相当地有硬作的成分。好像那一个园地已被我耕种完了。不是不可再生产东西，然而不会生产再好的东西了。

以后接着就是数年的沉默，直到重回到吉林之后，知道东北的农村破产，日本帝国的铁蹄是一天比一天逼紧地向我们头上践踏，我是守着沉默的。我自己掘了自己的坟墓了。虽然诗中隐伏着无限的血泪，但是，我只是回顾，没有向前看去，没有想从现实中去求生活。

五

从北平飘泊到墙子河畔，从墙子河畔又回到北平。在那个短的期间所接触的印象中，使我感到有什么危机快临在头上了。1929 年夏，回到故乡的新设的大学里教书。那时，我越发地深感到世界变样了。故乡的情形，已不复旧观了。有些地方，似有些进步，而有些地方，确是大可令人担忧的。

吉敦铁路修成了，蜿蜒地，在奔驰着的松花江上，架上了一道大铁桥了。汽车也似乎是多起来了。从得胜门到北山已修上了柏油的马路了。在北山上，已高高地耸起一座自来水塔了。江桥和水塔，在那座古城中，呈出来近代的伟大。听说吉海铁路不久完成。听说那年乡村得庆丰收。冷眼一看，吉林社会似乎是进步了的。然而，过了不久，我又看出来另一方面的现象了。

好些亲友们，在吉敦铁路局里作事，因之，一边为得玩景，一边为得访友，我到了蛟河，去过敦化。我瞻仰了老爷岭的崇山峻岭，我瞻仰了黄松甸上的一望无边满目青葱的黄松树。我看见了奶子山的黑油油的煤块，我看见了长白山的直径有五六尺的木材。东北的宝藏，真是"名不虚传"。"耳闻不如眼见"了。可是在我对着这些宝藏叹美之际，我的朋友们告诉了我吉敦路的各种纠纷，帝国主义者如何地占有了吉长路，吉敦、吉长是如何地成为了南满铁路的培养线，中国的木材业是如何地渐归完全破产，吉敦路的收入如何地连借款利息都不够。我们就不禁浩叹起来了。接着，我们谈到农村都市之各种破产情形。而，那种情形，在我的眼睛里，越发地，暴露出来了。有人从乡下来，告诉我农村大不如昔了。并不是"米珠薪桂"，而是，粮食卖不钱来。丰收确是丰收，可是农村越发地贫穷了。卖地的多了，可是受主没有。钱利高了，可是没有放债的。种地的人家也走不起车了。只是雇工人，还好，每年钱挣得多了。一个雇工人，是比一个小学校教员挣得还多得多。那年冬，因为，日金是一日千里地往上长，好多商店就不得不关门了。

转过年，就是 1930 年了。1930 年，吉林社会里，更越发地呈出紧张的现象。吉海与吉敦的接轨问题，引起社会中的很大的注意。南满铁路屡屡地开会议。帝国主义者，更变本加厉地来干涉压迫我们。东北遍地是日本的药房，当铺，卖的是枪械子弹，是鸦片，吗啡。所以东北在那时是遍地土匪。在那时，打吗啡的，是不可胜计，有的人甚至把骸骨抵押给药房，换得吗啡以陶醉自己。而日本人贩卖吗啡的消息，东北的报上是一向不准登载的。以先，只干涉我们的日报，现在又干涉起我们的学校刊物来了。吉林大学春蕾社几个人所筹划的《鲜民研究专号》，不知道为什么也叫帝国主义知道，于是他们就提出抗议叫我们的教育厅预防地禁止了。满铁，在1930年，因为吉海路的通行，"赤字"一天一天地增加。在1930年的下半年，东北已呈现出来"弓在弦上"的情势，一般人谁都似预感出战乱有一触即发之势了。

而且，在另一方面，奉系军阀的铁蹄更践踏在吉林民众的头上。虽然，大部分人，是敢怒而不敢言，可是，每一个压迫是播了一个种子了。"醉鲜饭店"、"俱乐部"、"大老徐"……在各个的印象上，都令我们感到有白刃对着我们。我们都感到快要亡国了。而"亡省之苦痛"是也令我们忍受不住的，因为太久了。我们想办一所小学校都不可能，而他们呢，则是尽量的刮地皮，养了好些通匪而且公开绑票的保卫团。往事真是不堪回首！想起来是如何地痛心啊。"国语文"都在违禁之例。因为学生看《白屋文话》，一个中学校都被查封了。这一类的事情，真是数不胜数。于是，安分教书的我亦忍不住了。秋天，"永吉影戏院"遭了火，一夕烧死了百数十人。警察消防立视不救。这该是如何地痛心的一件事呀。学校学生叫我作了一副挽联。我挤出来如下的一副东西来：

警察说人头真好看，消防说快救财政厅，一晚间竟牺牲那些人命，处此封建社会，谁说非势所必至？

报纸里无丝毫哀掉，官府里只记过塞责，满城中笑谈着这场惨剧，在彼野蛮人群，原来是理有固然！

这一副挽联是使吉林的好些朋友叫快的。然而，仅仅地叫快，又能怎样呢？那些奉系军阀现在大部分是作了"满洲国"的高官了。

到了冬季，吉林的农村越发地破产了。"九·一八"的前兆越发地显露了。吉林的生活，再忍不下去了。于是，在年末，向着故乡致了永别的敬礼，我一个人就走上了我的长长的旅途了。因为想离开教员生活，转到卖文的生活的方面来，所以就飘泊到南方来了。到了上海，不到数月，就听到"万宝山事件"。不久就是"九·一八"了。

六

虽然处在都市中心，不能亲睹东北的惨状了，但是，或从报纸上，或从朋友的口中，是总得彼方的一点消息的。我心中时时酸痛。乘着我还有声音，叫我时时地唱《流亡者之歌》吧。可是，现在的东北究竟是怎么样了？

1933 年 11 月 18 日

（原载《现代》第 4 卷第 4 期，1934 年 2 月 1 日）

徐志摩论

——他的思想与艺术

上

虽然他的大部分的作品是"五卅"以后制作的，诗人徐志摩总算是"五四"时代的诗人。他的创作活动，自从"五四"运动开始的。他的作品中反映的，也正是"五四"时代之一部分的知识分子的心理意识。如果说"五四"时代的代表的诗人是郭沫若、王独清和徐志摩的话，那么，代表初期的狂飙时代的，是小市民的流浪人的浪漫主义者郭沫若，代表末期的颓废的空气的是落难公子王独清，而代表中间期的，则是"新月"诗派的最大的诗人徐志摩了。

虽然没有郭沫若那样庞大的野心，到一切的文学的领域去作广泛的尝试，虽然他的活动范围什九是止于诗歌之内，——因为他的大部的散文，是诗的一种形式，而他的小说《轮盘》是不成为小说，——可是徐志摩是有着他的伟大的存在的意义（raison dêtre）。他不止是"新月派"的盟主，而且，他的全部的诗作，是代表着"新月派"的诗歌之发展过程。在他的"灵魂的冒险"中——在他，"这灵魂的冒险是生命核心里的意义"（《迎上前去》）——可以说包容着"新月派"诗歌之一切。虽然在他的多量的诗作中，含有着好些唯美主义印象主义的要素，可是诗人徐志摩不是颓废的，而是积极的。他是现代中国的一位尼采，他深信着他是一位中国的查拉图斯脱拉。他要求着像大鹏似地作逍遥的云游。对于他所不满意的现代中国社会，他不抱厌世观，而更不抱那"童孩性的乐观主义"。虽然他的人生观，是值得我们分析和批判的，可是他始终"是一个生命的信徒"（《迎上前去》）。他"是一只没有笼头的野马"。他的诗歌的创作，是他对于社会不调和的表现。换言之，他的诗歌，就是他的"灵魂的冒险"的象征。

诗人徐志摩始终是"一个生命的信徒"。他始终对于他所憎恶的时代挑战。他的口号是"Everlasting yea，Everlasting yea"。①在《落叶》里他那样地呐喊，在末期的散文作品《秋》的里边，他也是那样地呐喊。他认为"人原来是行为的动物"。（《落叶》）他主张用"积极的态度对运命宣战。"因为"这是精神的胜利，这是伟大"，这是"不可摇的信心，不可动的自信力"的表现。对于社会，他所要求的是"彻底的来过"（《青年运动》）。在诗篇《婴儿》里边，他说："我们要盼望一个伟大的事实出现，我们要守候一个馨香的婴儿出现。"诗人徐志摩，信仰着他的理想，一生的努力，就是目标着他那个"馨香的婴儿"之创造。

诗人徐志摩对于人生之这个积极的态度，是须要从他的生活环境去说明的。诗人的家庭，是相当地资本主义化了的地主家庭，在《猛虎集》的序文中，诗人徐志摩说："在廿四岁以前我对于诗的兴味远不如我对于相对论或民约论的兴味。我父亲送我出洋留学是想要我将来进'金融界'

---

① "永远肯定，永远肯定"。

的，我自己最高的野心是想做一个中国的 Hamilton。"想使儿子进金融界之那种企图，是证明着诗人的父亲是相当地都市市民化了。想作中国的哈弥尔敦之那种野心，是足以反映出来诗人的青年时代是有着狂飙般的政治的要求。这种向上的市民的要求，使诗人徐志摩成为"一个不可教训的个人主义者"（《列宁忌日——谈革命》），使他接受了西洋的入世的思想。在《天目山中笔记》里，他说："我们承认西洋人生观洗礼的，容易把做人看得太积极，入世的要求太猛烈，太不肯退让，把住这个热虎虎的一个身子一个人放进生活的轧床去，不叫他留存半点汁水回去。"他的那两个有力量的外国字 everlasting yea，自然是他那种个人主义的表现。然而，诗人虽然到了美洲的大陆，可是他从美国所受的影响，并不见得怎么显著。诗人是从士大夫的环境转变到市民的环境的。从他的作品看，诗人身上，是充满着二重的性格。我们也许可以说，如法国的服尔德似地，他是一个贵族的市民。因之，大都市的工业社会的文明与他无有多大的缘分。惠特曼一类的诗人没有给与过他多大的影响。而法国的孔德一流的实证主义的哲学，也像是没有给过他若干的熏陶。他"摆脱了哥伦比亚大博士衔的引诱，买船票过大西洋，想跟 20 世纪的福禄泰尔（福尔德）认真念一点书去"（《我所知道的康桥》），这也足证明他对于不夜城纽约的都市生活表示着不调和了。他以为"实利主义的重量完全压倒人的灵性的表现"（《论自杀》）。如印度的泰戈尔老人似地，他否定 20 世纪的文明，要回到自然。他感到"文明只是堕落"，他诅骂"文明人"（《海滩上种花》）。同美国的风尚不相合，到了康桥，徐志摩接受了吸烟的文化。康桥使诗人作了一个重新的开始。在《吸烟与文化》里边，他说："我在康桥的日子可真是幸福，深怕这辈子再也得不到那样甜蜜的机会了。我不敢说康桥给了我多少学问或是教会了我什么。我不敢说受了康桥的洗礼，一个人就会变气息，脱凡胎。我敢说的只是——就我个人说，我的眼是康桥教我睁的，我的求知欲是康桥给我拨动的，我的自我的意识是康桥给我胚胎的。"在康桥的那种贵族的世界中，他忙着散步，划船，骑自转车，抽烟，闲谈，吃五点钟茶牛油烤饼，看闲书。在那个心欲的国土里，他建立了他的理想主义的哲学，他的自然崇拜的理想。那种陶冶，使他深感到"浪漫的怀乡病"，憧憬到"草深人远，一流冷涧"的境界。强烈的个人主义的 everlasting yea 和浪漫的怀乡病，因之，成为了这位"朝山客"，这位"不羁之马"的思想的中心。他的艺术的人生观——"生活是艺术"（《话》）——在康桥是被胚胎出来了。

　　贵族的市民出身的诗人徐志摩在康桥同当时的贵族化的英国市民社会融合一起。他深受了英国的世纪末的唯美主义印象主义文学的影响。同时，他更接受了英国的贵族层的浪漫诗人的熏陶。如果有人把英国 19 世纪末的文学同徐志摩的作品对照起来，作一个比较研究，我以为是很有趣味的。在 19 世纪末期的英国，资本主义达到了极绚烂极成熟的时代，寄生的社会层得到了过剩的生活余裕，于是，应运产生出来对于世界的全然唯美的态度，人生之最高的意义在于美的主张。达到了帝国主义的成熟期的英国，拥有着广大的殖民地，在欧战之后，其资产者社会仍持续过着寄生生活。而且，在欧战期，英国没有直接地蒙着战祸，它的牛津仍是牛津，它的康桥仍是康桥。从那种贵族化的市民社会，诗人徐志摩发现了他的理想的糕粮，他发现了他的理想的政治与理想的革命(《政治生活与王家三阿嫂》)，而且是在那里他发现了他所心爱的诸作家。他以为，他那些"生活的趣味"都是些"不预期的发现"。他告诉过我们裴德（W. Pater）、歌德、柏拉图、雪莱、杜思退益夫斯基、托尔斯泰、丹农雪乌、卢梭、波多莱尔之所以被他发现，"都是邂逅，不是约会"（《济慈的夜莺歌》）。他认为是偶然的。然而他没深注意到英国的诸现实主义的巨家，而把主义放到济慈、渥兹渥斯、卜雷克、拜伦和半个雪莱的上面，把注意更放在卢瑟谛、哈代、梅垒代斯、曼殊斐尔、西蒙兹、哈得生（Hudson）、裴德的上面，是不是偶然的呢？他接受了泰戈尔、托尔斯泰、罗曼罗兰、尼采、丹农雪乌、达文謇、歌德，我们很清楚地看出来那里边存在着必然性。在他所翻译的东西之中，有沦亡的贵族福凯（Fouqué）的骑士故事《涡堤孩》，有贵族的市民服尔德的《贡第德》，有闺秀作家曼殊斐尔的小说，有丹农雪乌的《死城》，都是多少带有贵族性的东西。徐志摩对于西洋文学之接受，自然是由于他的强烈的主观出发的了。

具有如上的生活环境的徐志摩是极端地肯定着他的理想主义。他不住地要求着自我实现。他的创作是自我实现，他的翻译，也是自我实现。他有着单纯的信心，在他认为"单纯的信心是创作的泉源"（《海滩上种花》），他的理想主义是不住地在更新着。在《飞上前去》里，他说："我相信真的理想主义者是受得住眼看他往常保持着的理想萎成灰，碎成断片，烂成泥，在这灰这断片这泥的底里他再来发现他更伟大更光明的理想。我就是这样的一个。"诗人的一生，是"冒险——痛苦——失败——失望"的动变，是"认识——实现——圆满"的过程。然而，在一生中，他什么都未有完成。他的一切的完成，可以说全是散叶子的零碎札记。他的思想，当然也是同样。在《落叶》里，他说："我的思想——如其我有思想——永远不是成系统的。我没有那样的天才。我的心灵的活动是冲动性的，简直可以说是痉挛性的。"冲动性痉挛性的，是他的思想，他的为人是非常好动的。在《自剖》里，他说："我是个好动的人，每回我身体行动的时候，我的思想也仿佛跟着动荡。"他欢喜飞机，他欢喜自转车，他欢喜旅行，他欢喜云游。在《想飞》中，他说："人类最大的使命，是制造翅膀，最大的成功是飞！理想的极度，想象的止境，从人到神！诗是翅膀上出世的，哲理是在空中盘旋的。飞超脱一切，笼盖一切，扫荡一切，吞吐一切。"从人到神，这一种超人哲学，是一种尼采主义。他在《吊刘叔和》里边说："他仿佛跟着查拉图斯脱拉登了哲理的山峰。"使他不住地喊出 everlasting yea 的，也是这种尼采主义。尼采说："受苦的人没有悲观的权利。"此语在徐志摩的身上，是有很大的反抗作用的。

从康桥回到中国，那是民国十一年。"五四"运动已经低潮。中国仍是半殖民地。这里没有康桥，没有英国那样的贵族社会。战后，帝国主义之变本加厉地向中国进攻，使中国越发呈出紊乱的状态。那一种紊乱的环境，是诗人徐志摩所不忍目睹，所不能安居的。他的理想主义的浪漫主义碰了壁。然而他不能正确地说明此路不通的缘故。他不把主要的原因归之于洋大人，而认为是民族的堕落，是民族的倒运，是民族的破产。从《落叶》以至于《秋》，这种思想是一贯着的。我们民族是破了产的，道德、政治、社会、宗教、文艺，一切都是破产了的。其原因呢？于是乎他说了："不要以为这样混沌的现象是原因于经济的不平等，或是政治的不安定，或是少数人的放肆的野心。""我们的自身是我们的运命的原因。"（《落叶》）他又说："我认识我自己力量的止境，但他却不能制止我看了这时候国内思想界萎癃现象的愤懑与羞恶。"（《迎上前去》）他悲愤仁义礼智信成了五具残缺的尸体（《毒药》）。他悲愤地又说："儒教的珍品——耻节——到哪里去了。"（《从小说讲到大事》）他怎么看我们的民族呢？在《求医》中，他说："我们这倒运的民族眼下只有两种人可分，一种是在死的边沿过活的，又一种简直是在死面过活的。"对着这种"普遍死化的凶潮"，对着这种"人道的幽微的悲切的音乐"，他闭上了眼睛，他发现了另一个悲惨世界，在那里，他的感情、思想、意志、经验、理想，没有一样是和谐的，没有一样是容许他安舒的。他发现了"实际的生活逼得越紧，理想的生活宕得越空"（《求医》）。现实的生活与理想的生活之矛盾所生出来的失望没有使他绝望。反之，却使他对于自己更加强烈地，更加精细地去做解剖的工作。然而，他不求援于科学，他说："科学我是不懂的。"（《追上前去》）宁可以说，他是否定科学的。在《落叶》里，他说："我们决不可以为单凭科学的进步就能看破宇宙结构的秘密。"而在《论自杀》中，他又说："在我们一班信仰（你可以说迷信）精神，精神生命的痴人，在我们还有土可守的日子，决不能让实利主义的重量完全压倒人的灵性的表现，更不能容忍某时代迷信（在中世是宗教，现代是科学）的黑影的完全淹没了宇宙间不变的价值。"他相信灵性。他说："单有躯壳生命没有灵性生活是莫大的悲惨"（《海滩上种花》）。他爱大自然，因为大自然有灵性。康桥有康桥的灵性，翡冷翠山中，也有它的灵性。"自然是最伟大的一部书"（《翡冷翠山居闲话》）。它给你以"灵性的迷醉。"由于同中国社会之矛盾，他感到："实际生活的牵掣可以劫去我们性灵所需要的闲暇，积成一种压迫"（《自剖》）。然而，对于生活的压迫，他不感绝望。他要"迎上前去"。在《再剖》里，他说："我宁言我自己跳进了这现实的世界，存心想来对准人生的面目认他一个仔细。"他不断地作他的"灵魂的冒险"，"要在这忽忽变动的声色的世界里，赎出几个永久不变的原则的凭证来。"（《海滩上种花》）可是，他的玄学的追求，是终没有完成的答案哟！在《自剖》、《再剖》之后，他思想上起了转变。他背起了他的十字架，由盲冲转变到有意识的行动，从对于社会之不调和不承认的态度，转变到"迎上前去"。在《迎上前去》里，他肯定地说："是的，我从今要迎上前去！生命第一个消息是活动，第二个消息是搏斗，第三个消息是决定，思想也是的，活动的下文就是搏斗。"他的"赤子之心"，他的"单纯的信心"，使他积极地作他所谓的"理想中的革命"。

单纯的信仰给了他勇敢，单纯的理想给了力量。他的灵性的勇敢使他崇拜拜伦，说出来"他是一个美丽的恶魔，一个光荣的叛儿"（《拜伦》）。他崇拜耶稣、托尔斯泰、歌德、密尔顿、悲特文、密其郎及罗、文天祥、黄梨洲等等的人物。他崇拜他们，是因为他们有不可动摇的 Simple faith[①]。是因为"他们的思想是单纯的——宗教家为善的原则牺牲，科学为真的原则牺牲，艺术家为美的

————————
① 单纯的信念。

306

原则牺牲——这一切牺牲的结果便是我们现有的有限的文化"（《海滩上种花》）。是因为黄梨洲、文天祥，在非常的时候，"为他们的民族争人格，争人之所以为人。"他的"理想中的革命"的要求，使他在《落叶》里赞美俄国革命，赞美俄国国旗说："那红色是一个伟大的象征，代表人类史里最伟大的一个时期，不仅标示俄国民族流血的成绩，却也为人类立下了一个勇敢尝试的榜样"；使他在同篇中，更赞美法兰西的大革命说："巴士梯亚是代表阻碍自由的势力，巴黎市民的攻击是代表全人类争自由的势力，巴士梯亚的'下'是人类理想胜利的凭证。"在《自剖》里，他又说："哪一个民族的解放史能不浓浓的染着Martyrs^①的腔血？俄国革命的开幕，就是二十年前冬宫的血景。只要我们有识力认定，有胆量实行，我们的理想中的革命，这回羔羊的血就不会是白费的。"可是流血的事情，是他所不喜欢的。诗人徐志摩的革命的要求，只是在于争"灵魂的自由"。而且，他的理想政治是英国的政治，

---

① 殉难者。

是希腊的政治。他所理想的革命，是不流血的革命。在《政治生活与王家三阿嫂》之中，他说："英国人是'自由'的，但不是激烈的，是保守的，但不是顽固的。自由与保守并不是冲突的，这是造成他们政治生活的两个原则；唯其是自由而不是激烈，所以历史上并没有大流血的痕迹（如大陆诸国），而却有革命的实在，唯其是保守而不是顽固，所以虽则'不为天下先'，而却没有化石性的僵。"然而，英国对于殖民地的剥削与压迫，希腊的奴隶社会，他一概不提。爱和平是他的天性。因之，对于罗曼·罗兰，他表示出来深挚的共鸣。罗兰的空想的英雄主义，他认为是一种最高的理想。他以为罗兰是勇敢的人道的战士，是同托尔斯泰、杜斯退益夫斯基、泰戈尔、甘地同样立脚于高高的山岭上，俯瞰着人间社会。"打破我执的偏见来认识精神的统一；打破国界的偏见认识人道的统一。这是罗兰与他同理想者的教训。解脱怨毒的束缚来实现思想的自由；反抗时代的压迫来恢复灵性的尊严。这是罗兰与他同理想者的教训"（《罗曼·罗兰》）。尼采所说的"受苦的人没有悲观的权利"那句话，是他的座右铭，"在苦痛中领会人生的实际"，"在痛苦中实现生命实现艺术，实现宗教，实现一切的奥义"之这种人道的英雄主义，也在此地成为了他的理想了。游了莫斯科，对于革命后之俄国社会表示不满，接着，他就自命为罗兰的同理想者了。在《吊刘叔和》文中，他认为"五卅"前后的中国国内情形是一幅大西洋的天变，而难得的是少数共患难的旅伴。因之，在大的社会中，诗人徐志摩是感到孤独的。诗人徐志摩所要求的，是反抗现代的堕落与物质主义的革命运动，是心灵解放的革命。他的这种要求，是从他那有士大夫性的个人主义出发的。到最后，在《秋》里，他悲叹士民阶级之没落，而结论到"我们现在为救这文化的性命，非得赶快就有健全的活力来补充我们受足了文明的毒的读书阶级不可。"在《话》里，他说："真伟大的消息都蕴伏在万事万物的本体里，要听真值得一听的话，只有请教两位最伟大的先生。……就是生活本体与大自然。"在《秋》里，他仍然贯彻着这种思想。他依然是主张把过度文明的人种带回到生命的本源上，他主张人多多接近自然。一方来补充开凿过分的士民阶级，一方极力把教育的机会推广到健全的农民阶级里。打破阶级界限及省分界限，奖励阶级间的通婚。不过这一种理想，是不是可以实现的呢？这种对于士民和农民的关心，是表明着诗人徐志摩的 Simple faith 之所由来了。

虽然诗人徐志摩要求着"一种要新发现的国魂"，可是，那是从他的个人出发的。他，在《列宁忌日——谈革命》里，说："我是一个不可教训的个人主义者。这并不高深，这只是说我只知道个人，只认得清个人，只信得过个人。我相信德谟克拉西只是普遍的个人主义；在各个人自觉的意识与自觉的努力中涵有真纯的德谟克拉西的精神。"他崇拜列宁，说列宁有如耶稣的伟大，是崇拜个人，而不是主义。他认为"生命只是个性的表现"，而是感情把一些个体的组织起来的。他是一个信仰感情的人。在《落叶》里，他说："人在社会里本来是不相联系的个体。感情，先天的与后天的，是一种线索，一种经纬，把原来分散的个体组织成有文章的整体。"徐志摩是一个感情性的人。他的一生，就是要实现"生活是艺术"的主张。他的感情，使他在苦痛中在时代悲哀中实现他自己。他的感情的生产，就是他的诗歌。他忠实去创造新的人生准则。他在《话》里说："不能在我的生命里实现人之所以为人,我对不起自己。在为人的生活里,不能实现我之所以为我,我对不起生命。这个原则我们也应该时时放在心里。"感情性的诗人徐志摩,藉着诗歌实现了自己。在《秋》里,诗人引过一个别的诗人的话说："我们靠着活命的是情爱,敬仰心,希望"(We live by love, admiration and hope)。情爱,敬仰心,希望,则是诗人在诗的创作中所靠着生活的了。

下

诗人徐志摩在他的短促的一生中,遗留给我们四部诗集:《志摩的诗》、《翡冷翠的一夜》、《猛虎集》、《云游》;三部散文集;《落叶》、《自剖》、《巴黎鳞爪》和一篇散文《秋》,以及一部小说集《轮盘》与一篇戏曲《卞昆冈》。其中成为作品的,只有诗和散文。但是,他的散文,更是诗的一个形式。他的散文,什九是散文诗。在其中一贯着的，是他的个人的感情。诗人徐志摩长于流露抒发自己的感情，而拙于描写社会生活。譬如《轮盘》中的《春痕》，只是形容词的堆砌，而其主题，则是才子佳人式的恋爱。诗人徐志摩只是一个寄生生活者，他的境遇比较顺，而又与生产无直接的关系。对于社会的现实，他不能把握。从社会生活中，他抽不出有意义的主题来。对于丑恶的现实的社会，他是回避的，否定的。在《迎上前去》中，他说："我敢担保的，只是我自己思想的忠实。"而那止于是主观的忠实。他是一个信仰感情的人，他不懂科学。而抒情诗，抒情的散文是足以作他的感情的表现之工具而有余。抒情诗，抒情的散文，是足以包容他的思想的。法国的博威（Ernest-Bovet）把文字发达史分成为抒情、叙事、剧之三个阶段。徐志摩恐怕算是其第一个阶段上的人物了。

在《我所知道的康桥》里，诗人徐志摩说："我这一生的周折，大都寻得出感情的线索。"诗人的创作活动之过程，也是有迹可寻的。《话》、《济慈的夜莺歌》、《海滩上种花》诸篇，如果可以说是徐志摩的艺术论或者是诗学，那么，《翡冷翠的一夜》和《猛虎集》中的两篇序文，则是他的创作活动之自我批判，创作生活之回顾了。如果把这两篇序文和《自剖》中之《自剖》、《再剖》、《求医》、《想飞》、《迎上前去》诸篇详细分析一下，我们很可以找出来他的创作活动的。徐志摩的创作活动可以分为四个时期。第一期是最早写诗的那半年。《猛虎集》的《序文》告诉我们说："那一个时期他的感情真如山洪暴发，不分方向地乱冲，生命受了一种伟大的力量的震撼，什么半成熟的未成熟的意念都在指顾间散作缤纷的花雨。可是那个时期的感情奔放的罗曼蒂克的诗，据说虽然为量甚多，但几乎都见不得人。所以我们也无从研究了。不过我们可以想象到在当时他是一匹狂暴的野马。徐志摩的创作活动的第二个时期，是由《志摩的诗》所代表着的。那是他民国十一年回国后两年间的作品。代表这个时期的散文，是《落叶》里的大部分。《落叶》诸篇是充满着罗曼蒂克的自白，充满着康桥时代的憧憬。在《志摩的诗》的里边，要据诗人自己说："初期的汹涌性虽已消灭，但大部分还是感情的无关阑的泛滥，什么诗的艺术与技巧都谈不到。"（《猛虎集，序文》）不过，在我们看，这一个时期，虽然诗的艺术与技巧都谈不到，然而，其内容是比较充实的。志摩的诗作，是随着形式之追求与完成而减少其内容的充实性的。在《志摩的诗》里，我们是看得出浪漫主义的气息，渐渐地，流为印象主义的气息之倾向的。《志摩的诗》时代是可以说是志摩的"五四"时代。徐志摩的创作活动的第三个时期，是由《翡冷翠的一夜》、《自剖》、《巴黎鳞爪》所代表着的。在这个期间，中国产生了"五卅"运动，徐志摩在其后，目睹了各种更为不满的现象，在生活上起了很大的波折，在思想上起了一个大的转变。在《迎上前去》里，在《翡冷翠的一夜》的序文里，他都肯定地重复出来他在诗篇《恋爱到底是什么一回事》所说的那两句话：

　　我再不想成仙，蓬莱不是我的分；

　　我只要这地面，情愿安分地做人。

　　这就是他所谓的"决心做人，决心做一点事情"的时代。理想主义碰了壁，他要求行动。他努力自剖。他要贯彻他的尼采主义。在这时期形式虽日趋工整，可是他失却了生产的力量了。因为他的理想主义同社会现实愈趋冲突了。在《翡冷翠的一夜》的序文中，他说："我如其曾经有一星星诗的本能，这几年都市生活早就把它压死。这一年间我只淘成了一首诗，前途更是渺茫……"这一卷诗，大约是末一卷罢。这一个期间，真正地代表着他的情感的诗作，与其说是韵文诗，宁是那些散文诗:《自剖》和《巴黎鳞爪》中的诸篇。一方面追求定型律，一方面主观的忠实使制作那些散文诗，这里是不是有着一种矛盾呢？这一个时期是徐志摩的创作活动之最高峰。最后，就是他的创作活动的第四期，也就是其没落期。在那种回光返照之中所产生出来的，就是《猛虎集》、《云游》和散文《秋》。毫不待言地，这几个不同的时期是有着联系的，其间存在着发展的线索的。

诗人徐志摩的思想是杂的，而他的作品也是杂的。他有称王称霸的雄心。他不只想做一个诗歌的作者，而且，他还想作一个诗歌的理论者。虽然他一无所完成，可是他作了各种的尝试。他不只想作一个艺术家，而且，想作一个科学家。他所译的那段《达文謇的剪影》，正是表示着他的这种多样复杂的要求。徐志摩的一切的翻译，是反映着他自己的主观，换言之，他的翻译，也是他的自我实现（《生命的报酬》、《鸡鹰与芙蓉雀》、《达文謇的剪影》、《死城》、《涡提孩》等）。他的翻译，是同一般的手艺人的翻译不同的。其中处处是反映着他的强烈的主观的要求。《达文謇的剪影》可以说是他的 Self-justification① 的宣言。基乌凡尼鲍尔脱拉飞屋在日记里记着："骞沙里说梁那图是一个最不了的落拓家。他写下了有二十本关于自然科学的书，但没有一本完全的，全是散叶子的零碎杂记。"又记着"什么东西在旁人看来已经是尽善尽美的，在他看来通体都是错。他要的是至高无上的，不可得的，人的力量永远够不到的。因此他的作品都没有作完全的。"这好像是诗人徐志摩对于自己的批判。

诗人徐志摩不止是要求创作，而且更作原理的追求。如果我们要研究他的诗学的话，《济慈的夜莺歌》、《海滩上种花》、《话》诸篇，以及《自剖》与《秋》，都多

---

① 自我辩护。

少可以供给我们资料的。徐志摩的诗论，同样地，全是散叶子的零碎杂记。在《自剖》里，他告诉我们说："我做的诗有不少是在行旅期中想起的……是动，不论是什么性质，就是我的兴趣，我的灵感。"在《海滩上种花》，他告诉我们说："单纯的信心是创作的泉源。"在《话》中，他说诗人们除了做梦再没有正当的职业，真的诗人梦境最深，神魂远在祥云飘渺之间，那时候随意吐露出来零句断片。在《秋》里，他又说："你们明知我是一个诗人，他的家当，除了几座空中楼阁，至少是一颗热烈的心。"这样说来，志摩的诗歌，是在动的里边，一颗热烈的心所想的几座空中楼阁了。那是真纯的个性之表现。是自由的灵魂的翔翱之反映。他所反映的生命现象之不可思议是大自然之奥妙。诗心是一种神往。徐志摩对于诗歌的见解，是深具着神秘主义的色彩了。诗人徐志摩，对于诗歌，是一个星象学者，一个点金术者，一个预言者的态度。可是，现在的世界已不是玄学的时代了。而特别是现在中国又呈了紊乱的局面。整理这种局面，玄学又是无力。现实的社会状态，使诗人志摩找不出诗的营养来了。于是，在《秋》

里，他又说："跟着这种种症候还有一个惊心的现象，是一般创作活动的消沉，这也是当然的结果。因为文艺创作活动的条件是和平有秩序的社会状态，常态的生活，以及理想主义的根据。我们现在却只有混乱，变态，以及精神生活的破产。"由此可以看得出徐志摩的诗作生活之幻灭，是由于玄学世界之幻灭了。

在诗人徐志摩的创作活动中，由《志摩的诗》和《落叶》所代表的时期，可以称之为"浪漫期"。在这一个时期，他的诗歌所表现的，有恋爱、自然、社会诸动机。这一个期间，他是一个"朝山人"，面对着冥盲的前程，无有止境地，奔那远在白云环拱处的山岭，没有止息地望着他那最理想的高峰。然而他是有酬劳的。因为他感到那最理想的高峰，已涌现在当前，莲苞似的玲珑，在蓝天里，在月华中，浓艳崇高（《无题》）他从各处找他的象征。在各个的象征，他求他的自我实现。他乐观着，他的情感奔放着。在《雪花的快乐》中，他说："这地面上有我的方向。"在《这是一个懦怯的世界》中，他要逃出了现实的世界的牢笼，恢复他的自由，他歌唱：

跟着我来，

我的恋爱！

人间已经掉落在我们的后背——

看呀，这不是白茫茫的大海？

白茫茫的大海，

白茫茫的大海，

无边的自由，我与你恋爱。

　　　　　　——《这是一个懦怯的世界》

他自命是一个超人。在《去罢》里边，他说：

去罢，人间，去罢，

我独立在高山的峰上，

去罢，人间，去罢，

我面对着无极的穹苍。

　　　　　　　　　——《去罢》

他爱天上的明星（《我有一个恋爱》）。为要寻一个明星，他冲入了黑绵绵的昏夜，他冲入黑茫茫的荒野（《为要寻一个明星》）。他追求恋爱，他所求的恋爱是 Platonique^①（《雪花的快乐》、《沙扬娜拉》）。他寻求天国的消息，在稚子的欢迎声里，想见了天国（《天国的消息》）。他倾听乡村里的声籁，又一度与童年的情景默契（《乡村里的音籁》）。然而，他对于恋爱感到忧郁，对于农村感到没落了。在《沙扬娜拉》中，他歌唱：

> 最是那一低头的温柔，
>
> 像一朵水莲花不胜凉风的娇羞，
>
> 道一声珍重，道一声珍重，
>
> 那一声珍重里有甜蜜的忧愁！
>
> 沙扬娜拉！
>
> ——《沙扬娜拉一首》

而在《乡村里的音籁》里，他歌唱：

---

① 柏拉图式的。

这是清脆的稚儿的呼唤，

田野上工作纷纭，

竹篱边犬吠鸡鸣，

这是无端的悲戚与凄婉。

——《乡村里的音籁》

　　诗人徐志摩之二重性，一方面，使他独立在半山的石上，而他方面，则使他感到胸中是一星微焰（《一星弱火》）。在秋风落叶之中，他感到自己是一个"独孤的梦魂"（《夜半松风》）。在这冰冷的世界里，只有少数同情的心（《难得》）。一方面，诗人在追求着无穷的无穷（《去罢》），而他方面他却感到他那蚕茧似不生产的生存之无有前途（《多谢天》）。一方，他感到有悠然的神明给他解了忧愁，重见宇宙间的欢欣，有了生命的重新的机兆（《多谢天》），而另一方面，他又感到希望之不可靠了。在《猛虎集》的《序文》中，指着当时的情景，诗人徐志摩说："一份深刻的忧郁占定了我，这忧郁，我信，竟于渐渐地溶化了我的气质。"这种忧郁，自是诗人身上的二重性之矛盾所产出来的了：看见月下的雷峰塔影而起封建的幻梦（《月下雷峰影片》）；看见田野的秋景而感到韶光催人老(《沪杭车中》)；看见悲伤的乡村老妇而起人道主义的同情，是反映出来徐志摩的心理意识为如何了。在《不再是我的乖乖》中，他说："前天我是一个小孩"，"昨天我是一个情种"，可是，今天"暗潮侵蚀了砂字的痕迹，却冲不淡我悲惨的颜色"。在《石虎胡同七号》里，他告诉出来他们的小世界，他的小园庭：

　　　　我们的小园庭，有时荡漾着无限的温柔……

　　　　我们的小园庭，有时淡描着依稀的梦景……

　　　　我们的小园庭，有时轻喟着一声奈何……

　　　　我们的小园庭，有时浸沉在快乐之中……

这令我们清楚地看出他的感情的二重性了。不能作向上的冲去，诗人是只有作他的封建的回顾。不能圆满他的柏拉图式的恋爱，他转回头去看农村的社会。于是他的吟诵自然的诗歌被产生出来。诗人徐志摩的吟诵自然的诗，令我想起渥兹渥斯来。从卢梭以来，好多人都跟着高唱着"归到自然"。可归的方式，因为不同，卢梭要求平等的原始时代之复归，而诗人徐志摩所要求的，则是未受资本主义侵凌的封建农村。诗人徐志摩的眼中，只看得起士农，而对于工商是否定的。他那种补充士民阶级健全农民阶级的主张就是同他的自然的崇拜相一致的。诗人所吟诵的自然，是五老峰，是西湖的雷峰，是江南的小风景。他把它们理想化了，讴歌它的灵性（《五老峰》、《月下雷峰影片》）。在那种封建的自然中，他爱山寺、破庙、没落的农民。虽然他不相信宗教，但是他欢喜宗教的神秘性。他到常州天宁寺去听礼忏声，而领悟着涅槃之极乐（《常州天宁寺闻礼忏声》）。这种回顾农业社会的要求，使他眼看到从农村社会没落下的人们：拉车夫，叫化等等，而且用他们所用的俗粗的语言——北京土话，硖石土白——写他们的落难生活（《先生，先生》、《叫化活该》、《谁知道》、《盖上几张油纸》、《太平景象》、《一条金色的光痕》）。而在一般的时候，他的诗，是充满着香艳的词句的。在这时代，他的感情的无关阑的泛滥，虽然没能使他采取广泛的主题（他的好些诗里，重复之点颇多）可是使他把不同条件的类似的情感，用各种不同的形式包容起来。形式之变化，是《志摩的诗》之一个特色。有一些诗里，他做了很好的感情的 Montaqe①。如在《五老峰》中，律动真同大自然的起伏相一致，在《天宁寺》中，节奏真是同钟声相同极印象主义之完成。《去罢》诸作的律动真表示他的超人的情绪。他更用散文诗式写诗，我以为，也许是他模仿查拉图斯脱拉的语录（《毒药》、《白旗》、《婴儿》）。这个时代，他的诗形虽未成格律，但还是很规整的。从浪漫主义的倾向到印象主义的唯美主义的倾向之转变，从比较自由的定型律，一方发展为严整的格律，而他方发展为散文诗之转变，是这个时期之一个特征。在《落叶》（散文集）中，就发现了这种倾向。《落叶》、《话》、《海滩上种花》，以及《青年运动》，都是夹着诗的散文，其中抒泄出来分行抒情文字所不能写出来的感情。这种散文诗化的倾向，一方面是表示着同社会实生活相接触的结果，诗人的情感已不是短的抒情诗所能包容的，一方面，是表

---

① "蒙太奇"或"综合"之意。

示着诗人理想主义的碰壁，不能产生出新的主题来。散文《落叶》、《话》、《青年运动》，以及诗篇《毒药》、《白旗》、《婴儿》、《灰色的人生》、《恋爱到底是什么一回事》是代表着从这个浪漫时期到次一个时期的作品。在《婴儿》里，他说：

我们要盼望一个伟大的事实出现，我们要守候一个馨香的婴儿出世。

在《灰色的人生》中，他歌唱道：

我只是狂喜地大踏步地向前——向前——口唱着暴烈的粗俗的，不成章的歌调；

来，我邀你们到海边去，听风涛震撼太空的声调；

来，我邀你们到山中去，听一柄利斧破伐老树的清音；

来，我邀你们到密室里去，听残废的寂寞的

灵魂的呻吟；

　　来，我邀你们到云霄外去，听古怪的大鸟孤独的哀鸣；

　　来，我邀你们到民间去，听衰老的，苦痛的，贫苦的，残毁的，受压迫的，烦闷的，奴隶的，懦怯的，丑陋的，罪恶的，自杀的——和着深秋的风声与雨声——合唱的"灰色的人生"。

　　由《翡冷翠的一夜》和《自剖》所代表的时期，可以名之为"自剖期"。这一个期间代表的作品，与其说是韵文诗宁是散文诗。在量上，散文诗的生产多了起来，而在质上，散文诗也更能较好地表现他的感情、思想和本性。在这个时期中，他的韵文诗已失掉了强烈的感情，形式上的努力似乎多了些。但是，形式之追求正反映着内容之日趋贫弱。诗集《翡冷翠的一夜》中的第一辑，都是些情诗。那些诗是很 intime 的。在爱的里边，诗人徐志摩寻求刹那的陶醉。他要丢开了这可厌的人生，实现死在爱里，爱中心的死，是强过五百次的投生的。他以为，除了在爱人的心里没有生命，所以他说："爱，你永远是我头顶的一颗明星"（《翡冷翠的一夜》）。We Live by love admiration and hope 是诗人的理想。他要在爱里，赞美神奇的宇宙，流露他的清水似的诗句（《呻吟语》）。他要求"爱墙"中的自由（《造起一座墙》）。他以为爱是洗度灵魂的灵泉，可洗掉他的肉皮囊的腌臜（《再休怪我的阴沉》）。可是，一方，他要求在爱人的怀里变成天神似的英雄（《天神似的英雄》），而他方，他则感到爱的凋谢与缺残了。因为生、爱、死是三连环的哑谜（《决断》）。在爱的陶醉中，他作死的陶醉。《变与不变》一诗，是足以表示他的矛盾的。他的心感到"冷酷的西风里的褪色的凋零"，而他的灵魂则说是"一样鲜明"了。可是他的 Platonique 的恋爱，是这个世界所不能实现的。这位乏力的朝山客只能在惓废中沉默了。他的爱的幻灭是从该集的第二辑《再不见雷峰》里反映出来。在《运命的逻辑》、《两地相思》诸作，可以看见对于商品的女性的诅咒来了。而女人胸后挂着的一串不是珍珠，而是男子们的骷髅了。求理想的爱的人，要从爱中求得灵魂的人，也只是苏苏，只是涡堤孩了。他愈感没落。在《大帅》、《人变兽》、《这年头活着不易》诸作中，他诅咒着紊凌，战乱的社会。在西伯利亚的道中，他想起庐山石工生活苦，作了《庐山石工歌》，赞美他们的不颓丧的精神。他在庐山时感到石工之歌是痛苦人间的呼吁。可是他们的真实生活的情形，以及吃苦的原因，他不晓得，他更不会管那是否同他的康桥有关系了。那止于是士大夫的同情心，他的著作的动机是与作《叫化活该》，《先生！先生！》时同样，不过，主观上，积极一些。他把石工看成为美术品，如同在《海滩上种花》把英国压迫下之印度野人看成艺术一样。然而，对旧社会的怀恋是越发深了。在西伯利亚道中他回忆西湖的芦色（《西伯利亚道中忆西湖秋雪庵芦色作歌》），在Exeter①教堂前，他表露凭吊的悲哀（《在哀克刹脱教堂前》）。《志摩的诗》中的《月下雷峰影片》是被《再不见雷峰》一诗所否定了。他热爱雷峰，在散文《济慈的夜莺歌》里，他说："在我们南方，古迹而兼是艺术品的，止淘成了西湖上一座孤单的雷峰塔，这千百年来雷峰塔的

---

① 即哀克刹脱。

文学还不曾见面，雷峰塔的映影已经永别了波心"。他说：

再不见雷峰，雷峰坍成了一座大荒冢……

再没有雷峰，雷峰从此掩埋在人的记忆中……

——《再不见雷峰》

这足证明诗人的心境了。诗集《翡冷翠的一夜》中的作品，大部分已是半生不死的了。这个时代，为了解自己，为说明自己的创作生活之贫困，他作自剖工作，用散文的形式抒发自己的感情。在《自剖》中之《自剖辑》中，他给我们看他的真的感情的要求。《自剖》、《再剖》、《求医》、《想飞》，以至《迎上前去》、《北戴河海滨》、《幻想》诸作，述明了他转变的过程，他的"活动""搏斗""决定"的要求。在《翡冷翠山居闲话》、《吸烟与文化》、《我所知道的康桥》、《天目山中笔记》，他描写出他的自然崇拜的感情，他唯美地活跃地使自己的所感到的自然的灵性流露出来。在《拜伦》（是一件很好的造形艺术品）和《罗曼·罗兰》（这是一篇很好的情热的诗），他提出他的精神革命的理想。这一切散文是他的内心的象征。其中，是情爱，是敬仰心，是希望，其中是他的思想，他的感情，他的本性。然而，对于社会认识之不足，他把宇宙只看做神奇，把人生只看做肮脏。他虽然用放翁的话："百无一用是书生"来叹息自己，但是他对于社会的生活相仍是捉握不到。在《哀思辑》中之五篇深挚的吊文，与其说是他对于死者之凭吊，宁是自己的抒情了。因为，在一切之中他是求自我实现的。他的东西，始终是反映着他的个人，始终是他的忠实的主观的产物。这一个自剖期中的作品是令我们清晰地看出了他的全部的人格来。而散文集两部，《自剖》、《巴黎鳞爪》（其中的译品都包含在内）是最Personnal①的东西了。

由《猛虎集》与《云游》和一篇讲演《秋》所代表的期间，我们可以谓之为"云游期"。在这"云游期"中，他要求着"云游"。在这个时期，虽然他还喊着 everlasting yea，可是他的理想主义是越发地碰壁了。虽然一时，如回光返照

---

① 自我的，个人的。

似地产了一些诗，可是，他创作的源泉枯干了。在《猛虎集》的序文里他说："最近这几年生活不仅是极平凡，简直是到了枯窘的深处。"跟着诗的产量也尽"向瘦小处耗"。虽然他真地希望一个复活的机会，可是写下的诗句，总是"破破烂烂"的。那只是他的"一点性灵还在那里挣扎，还有它的一口气"的表现罢了。就是在《落叶》的续编，散文《秋》中的 everlasting yea 已同《落叶》不同，没有以前那样的积极性了。在初年的散文《青年运动》中，他引了福士德博士（青年运动领袖之一）的一句话："西方文明的坠落只有一法可以挽救，就在继起的时代产生新的精神的与生命的努力"，可是，在《秋》里，他所想的救济办法，恐怕他自己都行不通。可是，叫他娶一个农女，恐怕是做不到，他一定会说她没有灵性。虽然他以为他所处的环境是暂时的沉闷，要"迎上前去"，可是他的诗作给我露出了虚无主义的消息了。在《春的投生中》，他说："春投生入残冬的尸体"。他已不唱"我独立在高山的峰上"而注意到"在雪地里挣扎的小花"（《拜献》）了。他在《渺小》中，说"阳光描出我的渺小"，在《阔的海》中，他说"望着西天边不死的一条缝，一点光，一分钟"，虽然他还赞儿童（《他眼里有你》、《车上》），在心中有理想的农村，可是恋爱幻灭了，在《再别康桥》中，是表示着如何地空虚的美感哟：

> 悄悄地我走了，
>
> 正如我悄悄地来，
>
> 我挥一挥衣袖，
>
> 不带走一片云彩。
>
> ——《再别康桥》

在《秋虫》中，他痛恨他所痛恨的几种主义说："思想被主义奸污得很"，他歌唱道：

> 秋虫，你为什么来人间？
>
> 早不是旧时候的清闲；
>
> 这青草，这白露，也是呆；
>
> 再也没有用，这些诗材！

黄金才是人们的新宠，

它占了白天，又霸住梦！

——《秋虫》

在《西窗》里，他同样地，诅骂他所不满意的一切。被"露水润了枯芽"的他，感到是残破（《残破》），是残春（《残春》）了。在《枉然》里，他咒诅女性，在《一块晦色的路碑》里，他叫人凭吊"遭冤屈的最纯洁的灵魂"。在《山》中他想"攀附月色化一阵清风"，在《两个月亮》里，他憧憬着那颗把他的"灵波向高处提"，"永不残缺"的"一轮完美的明月"。他的要求到了清风明月之间了。对于人生他更感丑恶与黑暗（《生活》），在《活该》里，他感到"热情已变死灰"。他又说：

不论你梦有多圆，

周围是黑暗没有边。

——《活该》

《残破》一首，可以同《再别康桥》成为姊妹篇，在那里，他说：

> 我有的只是些残破的呼吸，
>
> 如同封锁在壁椽间的群鼠
>
> 追逐着，追求着黑暗与虚无。
>
> ——《残破》

他越发憎恶人世的丑恶，越发感到空虚了（《火车禽住轨》、《雁儿们》）。在遗作长诗《云游》中，他说：

> 脱离了这世界，飘渺的，
>
> 不知到了哪儿，仿佛有一朵莲花似的虚拥着我，
>
> （脸上浮着莲花的笑）
>
> 拥着到了远极的地方去……
>
> 唉，我真不希罕再回来，
>
> 人说解脱，那许就是罢！
>
> ——《云游》

长诗《云游》，是他的真挚的 Confession[1]，里边实现着他的真挚的自我。他的一生的变迁，从里面可以看得出来。他要求死，说死"是光明与自由的诞生"。那是他的最后的诗作罢。那也许是预言者徐志摩的遗嘱罢。在从《猛虎集》到《云游》之间的诗，在形式上是特别地纯正了，内容方面，只是"残破的思潮"。那是"黑暗与虚无"之追求了。

诗人是轻轻地悄悄地走了的。在这世界上，虽是遗留了些"散叶子上的零碎杂记"，然而也算他达到了他的"认识、实现，圆满"。他到那边山顶上试去，可是他到底达到了那山峰上，还是坠到万丈的深渊了呢？他完成了"新月"诗派的全运命。他在《云游》里说：

> 一年又一年，再过一年，
>
> 新月望到圆，圆望到缺。
>
> ——《云游》

---

① 自白。

"志摩感情之浮，使他不能为诗人，思想之杂，使他不能成为文人"，这是他引他朋友的话。可是他自己倒说"我的一生的周折，大都寻得出感情的线索。"那么，他的《云游》，是不是有他的 Simple faith 的感情的线索的呢？

1934 年 5 月 23 日至 6 月 6 日

追记：

在完稿后七天之今日，始在赵景深先生处看见了北新原版之"志摩的诗"。新月版是由作者删过了的。因为根据新月版之故，也许失掉不少的好材料。同时由两种不同的版本之差异所表示出来的作者之思想之变迁未被估量，这不能不算我的一个过失，特此追记。

6 月 12 日夜

（原载《文学》第 3 卷第 1 期，1934 年 7 月 1 日）

图书在版编目（CIP）数据

穆木天的诗／穆木天著．—北京：北京师范大学
出版社，2016.6
　（北师大诗群书系）
　ISBN 978-7-303-20082-5

Ⅰ．①穆…　Ⅱ．①穆…　Ⅲ．①诗集-中国-当代
②诗歌理论-中国-文集　Ⅳ．①I227　②I207.2-53

中国版本图书馆CIP数据核字（2016）第030381号

营　销　中　心　电　话　　010-58805072 58807651
北师大出版社学术著作与大众读物分社　　http://xueda.bnup.com

MU MUTIAN DE SHI
出版发行：北京师范大学出版社 www.bnup.com
　　　　　北京市海淀区新街口外大街 19 号
　　　　　邮政编码：100875
印　　刷：北京京师印务有限公司
经　　销：全国新华书店
开　　本：890mm×1240mm　1/32
印　　张：11.25
字　　数：160 千字
版　　次：2016 年 6 月第 1 版
印　　次：2016 年 6 月第 1 次印刷
定　　价：45.00 元

策划编辑：边　远　　　　责任编辑：齐　琳　李双双
美术编辑：王齐云　　　　装帧设计：王齐云
责任校对：陈　民　　　　责任印制：马　洁